Dieter Esser

Und verflucht seine Kunst

AF216208

Dieter Esser

Und verflucht seine Kunst

Nachrichten aus dem Grenz-Land

Für Eric und Roman

Bibliografische Information der Deutschen Nationalbibliothek:
Die Deutsche Nationalbibliothek verzeichnet diese Publikation
in der deutschen Nationalbibliografie; detaillierte bibliografische Daten sind im Internet über http://dnb.dnb.de abrufbar.

© 2019: Dieter Esser

Redaktion, Buchgestaltung und Cover: Martin Haeusler

Covergestaltung unter Verwendung eines Gemäldes von Tizian:
Das Martyrium des Hl. Laurentius - © Zenodot
Verlagsgesellschaft mbH, GNU free document licence

Herstellung und Verlag: BoD - Books on Demand
Norderstedt

ISBN: 9783748160441

Was bildet gegenwärtig
die Grundlinie deiner Existenz?

Anton Tschechov, Krankenzimmer Nr. 6

*Temer si dee di sole quelle cose
C'hanno potenza di fare altrui male…*

Furcht soll man nur vor solchen Dingen hegen,
Die mit der Macht begabt sind, uns zu schaden…

Dante, Göttliche Komödie, Inferno, zweiter Gesang

I

Das Treffen

„…sie schauen und staunen und glauben, Götter zu sehen…"

Noch wenige Augenblicke. Wie ernst war es? Matthias Beckerts nahm die Ovid-Übersetzung, in der er während des Nachtdienstes gelesen hatte. Die verbleibende Zeit bis zum Beginn der Besprechung gestattete es ihm nicht, ein ihm weniger bekanntes Kapitel zu beginnen, also schlug er das achte Kapitel auf, suchte nach dem Flug des Ikarus und las:

Dann unterweist er den Sohn: „Mein Ikarus, lass dich ermahnen! Halte die Mitte der Bahn. Denn fliegst du zu tief, dann beschwert die Welle die Federn; zu hoch, dann wird die Glut sie versengen. Zwischen beidem dein Flug! Und schaue du nicht auf Bootes, nicht auf den Bären und nicht aufs gezückte Schwert des Orion. Ich sei dir Führer allein!" So gab er die Richte dem Flug und passte den Schultern an das unvertraute Gefieder. Während er schafft und mahnt, benetzt sich die Wange des Greises, zittert des Vaters Hand. Er küsst sein Söhnchen - es sollte niemals wieder geschehn.

Beckerts stockte und ließ das Buch auf den Schoß sinken. Oft schon hatte er dieses Kapitel gelesen. Und jedes Mal stockte er an dieser Stelle. Jedes Mal. Dann war er für einen kurzen Augenblick Daedalus, für einen kurzen Moment aber auch Ikarus. Er steigerte sich in die Tragik hinein, so dass er sich zwingen musste, weiter zu lesen, um nicht fortgerissen zu werden. Gefühl. Wie ein Kind wünschte er sich dann, Ikarus noch einmal warnen zu können, und zwar noch eindringlicher. Und wie ein Kind hoffte er auch dieses Mal, der Flug des Ikarus möge doch anders enden.

Er las weiter:

... und dann, vom Fittich erhoben, fliegt er voraus voller Sorg um den zarten Gefährten, dem Vogel gleich, der von hohem Nest seine Jungen lockt in die Lüfte, mahnt ihn zu folgen und zeigt gefahrvolle Kunst; seine eignen Flügel rührt er und blickt zurück auf die seines Sohnes. Wer sie erblickt, ein Fischer vielleicht, der mit schwankender Rute angelt, ein Hirte, gelehnt auf den Stab, auf die Sterzen gestützt, ein Pflüger, sie schauen und staunen und glauben Götter zu sehen, da durch den Äther sie nahn. Schon liegt zur Linken der Juno heiliges Samos, liegt im Rücken Delos und Paros, rechts schon Lebinthus erscheint und das honigreiche Calymne, als der Knabe beginnt, sich des kühnen Flugs zu freuen, als er den Führer verlässt und im Drang, sich zum Himmel zu heben, höher den Weg sich wählt. Da erweicht der

näheren Sonne zehrende Glut das duftende Wachs, die Fesseln der Federn. Hingeschmolzen das Wachs; er rührt die nackenden Arme, kann, seiner Ruder beraubt, keine Lüfte mehr fassen. Und seinen Mund, der „Vater" noch ruft, verschlingen die funkelnden Wogen der blauen Flut, die seinen Namen erhalten. „Ikarus!" ruft er, „wo bist du? Wo soll in der Welt ich dich suchen? Ikarus!" - rufend sieht er im Wasser treiben die Federn und verflucht seine Kunst.

So nah am Ziel, dachte Matthias Beckerts. Seine weiteren Gedanken waren die gleichen wie immer, wenn er dieses Kapitel las. Wenn Daedalus nicht seinen Schüler getötet hätte, wäre er nicht nach Kreta zu König Minos verbannt worden. Er hätte als Künstler und Techniker ein angenehmes, kreatives Leben in Athen führen können, geachtet als der große Ingenieur. Sein Sohn hätte stolz auf ihn sein können und hätte versucht, es ihm gleichzutun. Wenn Daedalus nicht diese ebenso absurde wie geniale Idee gehabt hätte, die Insel fliegend zu verlassen, würde sein Sohn noch leben.

Es klopfte an der Tür. Kollege Wiesenhütter steckte seinen Kopf herein.

„Gehen Sie mit, Beckerts? Oder sind Sie wieder in Gedanken?" fragte er.

Beckerts mochte Wiesenhütter nicht. Noch weniger mochte er es, gerade von ihm auf eine Schwäche gestoßen zu werden, die er schon als Kind hatte und die ihn schon in der Schule zum Träumer abgestempelt hatte.

„Was lesen wir denn da?"

Wie Beckerts ihn verachtete! Was sollte das heißen: Wir?

„Ich komme", sagte Beckerts ruhig.

Er schloss das Buch und legte es mit der Rückseite nach oben auf seinen Schreibtisch. Wenn ihn sein Gefühl nicht täuschte, brauchte er nicht zu befürchten, dass Wiesenhütter darauf bestand, eine Antwort zu bekommen. Nicht etwa, weil er bemerkt hätte, dass Beckerts keine große Lust verspürte, ihm über seine Lektüre Auskunft zu geben, sondern deswegen, weil Wiesenhütters Form der Kommunikation aus Floskeln, Worthülsen und Smalltalk bestand, man also gar kein echtes Interesse zu unterstellen brauchte.

Beckerts stand auf, löschte das Licht der Schreibtischlampe und ging auf die Tür zu, die Wiesenhütter ihm aufhielt. Wie ein Lakai benimmt der sich, dachte Beckerts. Die Uhr über der Tür zeigte auf kurz vor zehn. Es roch nach Salmiak. Der Fußboden glänzte. Beckerts wusste, dass er den Weg zum Besprechungszimmer neben Wiesenhütter nicht schweigend hinter sich bringen könnte, wie es ihm am liebsten gewesen wäre. Wie lange würde es dauern, bis Wiesenhütter wieder redete? Noch vier Sekunden? Noch zehn? Würden sie wortlos bis zu den im Flur abgestellten Betten kommen? Oder gar bis zur Glastür am Ende des Flurs?

„Wissen Sie, was Bode von uns will?" fragte Wiesenhütter. Acht Sekunden waren vergangen.

„Keine Ahnung."

„C 3 war doch erst gestern Nachmittag. Vielleicht geht es wieder um die Neubesetzung in der Inneren."

„Ich weiß es nicht." Matthias Beckerts schaute verzweifelt in Richtung D 4, wo Chefarzt Bode sie erwartete. Nur noch wenige Meter. Bitte keine weiteren Fragen mehr, Wiesenhütter. Lass mich einfach in Ruhe. Bitte.

Wiesenhütter, Dr. Josef Wiesenhütter, Mitglied des Stadtrates, des Pfarrgemeinderates, des Kirchenchores („soweit es meine Zeit erlaubt"), des Komitees zur Pflege der Stadt Monschau und natürlich des Eifelvereins. Als er sich den Kollegen Wiesenhütter in Wanderschuhen und mit einem knorrigen Stock in den Ardennen wandernd vorstellte, hätte Beckerts fast gelacht, was er aber unterließ, um weiteren Fragen vorzubeugen. Nein, er hielt nicht viel von diesem Wiesenhütter. Und dennoch glaubte er, ein solches Gefühl wie Ablehnung stehe ihm nicht zu, weshalb er sich sagte, er respektiere Wiesenhütter als erfahrenen Kollegen, schließlich

11

war dieser mit seinen 52 Jahren fast 15 Jahre älter als er.

Als Wiesenhütter die Tür des Besprechungszimmers - für seine Verhältnisse behutsam - öffnete, hörten sie Bode bereits erregt sprechen. Waren sie zu spät? Jedenfalls waren Beckerts und sein Begleiter die letzten, was mit hoher Wahrscheinlichkeit nicht ohne eine hämische Bemerkung Bodes abgehen würde. Aber vielleicht, ging Beckerts durch den Kopf, war Wiesenhütter wegen seiner zahlreichen Tätigkeiten in Monschau so wichtig, dass Bode es nicht wagen würde, ihn zu kritisieren. Tatsächlich blieb jeder Kommentar aus.

Wiesenhütter nahm neben Teirich Platz, während Beckerts den einzigen noch freien Stuhl nahm, neben Kollegin Luthe, die ihn freundlich anlächelte.

Der Chefarzt fuhr unbeeindruckt mit seiner Ansprache fort: „Und solchen Unfug auch noch in der Öffentlichkeit zu vertreten! Ich sage: in der Öffentlichkeit! Das nenne ich Schädigung unseres Rufes, Schädigung des guten Rufes unseres Hauses. Wir sind Ärzte, meine Herren, Ärzte mit wissenschaftlicher Ausbildung!"

Beckerts war erstaunt, dass Bode Kollegin Luthe offensichtlich ignoriert hatte, konzentrierte seine Aufmerksamkeit aber mehr auf das bizarre Mienenspiel seines Vorgesetzten. Nie zuvor hatte er ihn so unbeherrscht und unruhig gesehen und nie zuvor waren alle Ärzte, ob sie gerade Dienst hatten wie er selbst oder ob sie zu Hause mit den letzten Weihnachtsvorbereitungen beschäftigt waren, zu einer gemeinsamen Sitzung zusammengerufen worden.

Beckerts blickte sich unauffällig um: Teirich saß wie üblich mit hochrotem Kopf da, weniger wegen Bodes Ansprache als aufgrund seiner Hypertonie. Frau Dr. Luthe schaute wie unbeteiligt in den leicht verschneiten Park. Dr. Arandi nickte zustimmend, obwohl ihm die Anstrengung anzusehen war, den gesamten Inhalt der Rede zu verstehen. Nur Wiesenhütter, Hattingberg und Geissmann schienen aufmerksam zuzuhören.

Besonders Kollege Hattingberg gab offenbar auf jedes Wort des Chefarztes Acht. Aber warum hörte Hattingberg so aufmerksam zu, als Bode zum wiederholten Mal von Verantwortung sprach, vom „selbstlosen Einsatz im Dienste des Kranken", von Wissenschaft und dann wieder von Verantwortung.

Dieser verschlossene, in sich ruhende, stets freundliche, aber in seiner Freundlichkeit unverbindliche und distanzierte Dr. Alfred Hattingberg aus Tübingen oder Reutlingen sah es wohl als seine Pflicht an, als die Pflicht eines Oberarztes, ein gewisses Interesse zu zeigen, wenn sein Chefarzt mit zitternder Oberlippe etwas vorzubringen hatte, dessen

13

Hintergrund Beckerts nach wie vor ziemlich unklar war.

Aber schon sprach Bode einen Kollegen gezielt an, Dr. Geissmann, und Beckerts verstand, weshalb Geissmann aufmerksam zuhörte. Denn der Vorfall, der Gegenstand der Zusammenkunft war, hatte sich offenbar sozusagen unter der Verantwortung dieses Kollegen zugetragen oder zumindest unter seiner Verantwortung seinen Anfang genommen.

„Kollege Geissmann", fuhr Bode fort, „was Sie dem Krankenhaus als Einrichtung und mir persönlich - ich möchte unterstellen - ohne böse Absicht angetan haben, ist ir-re-pa-ra-bel!" Beckerts zerlegte, ähnlich wie es sein Chefarzt es ihm suggerierte, das Adjektiv „irreparabel" in seine Bestandteile: Präfix, Stamm, Suffix. Das hält den Geist wach, dachte er.

„Sie als Arzt und ich als derjenige, der hier für alles die Verantwortung trägt…"

Warum, dachte Beckerts, liebt Bode nur so sehr das Wort „Verantwortung"? Zugleich ertappte er sich dabei, wie er auch dieses Wort in seine Bestandteile zerlegte: „Ver" - Präfix, „ant" - entspricht „ent" im Sinne von „entgegen", „wort" - gebundenes Morphem, kein Problem, „ung" - Suffix. Du bist albern, sagte Beckerts sich, reiß dich zusammen.

„Herr Bode!" unterbrach eine resolute Stimme, „wenn Sie es für erforderlich halten, uns hier zu haben, und den Kollegen Geissmann vor uns allen zurecht weisen, nehme ich an, dass Sie auch ein gewisses Interesse daran haben, dass wir wissen, worum es geht. Ich jedenfalls, also, könnten Sie also bitte…" Es war, zur Verwunderung Beckerts, Frau Dr. Elisabeth Luthe, die um Aufklärung bat.

„Wollte ich gerade tun, verehrte Frau Luthe, aber ich gebe zu, angenommen zu haben, Sie alle wüssten bereits bestens Bescheid. Die Presse hat doch … aber egal, ich werde versuchen, mich kurz zu fassen, auch wenn mir eigentlich, … also gut: Vor vierzehn Tagen wurde die kleine Susanne Hofmann oder Hoffmann, na, wie alt wird sie sein, vielleicht fünf oder sechs Jahre alt, bei uns eingeliefert. Schwere Verbrennungen, Verbrühungen, genauer gesagt heißes Fett einer Friteuse, vom Herd gekippt. Bauch, Beine, heißes Fett, na ja, Sie können sich das vorstellen. Wir haben alles getan, um ihr die Schmerzen zu nehmen, das Kind schrie wie vom Teufel besessen. Kollege Geissmann gab ihr eine starke Beruhigungsspritze, na ja, Sie wissen schon. Ruhe für ein paar Stunden und so weiter. Dann erneut starke Schmerzen bis zum Morgen, wieder eine Spritze und so weiter. Die Verbrennungen waren so schwer, dass wir überlegten, das Kind nach Ludwigshafen zu fliegen. Und natürlich von Anfang an Betaisodona, Fettgaze, na ja, Sie wissen schon, was man halt so macht in solchen Fällen."

Geissmann rutschte nervös in seinem Sessel hin und her, er schien etwas sagen zu wollen. Aber Dr. Bode ließ ihm keine Gelegenheit.

„Dann sind die Eltern, die natürlich ununterbrochen bei dem Kind waren oder, wenn sie nicht am Bett standen, im Flur Panik und Entsetzen verbreiteten, ja, was wollte ich sagen? Ja, die Eltern haben dann jemanden kommen lassen, Panikreaktion vermutlich. Eine Frau ist gekommen, Namen habe ich vergessen, die in dem gleichen Dorf wohnt wie das Kind. Diese Frau soll sich dem Kind genähert haben - Geissmann war wohl dabei - und ein paar Worte zu dem Kind gesprochen und einiges gemurmelt haben."

Geissmann nickte und wollte offenbar selbst berichten, aber schon setzte der Chefarzt seine Darstellung fort.

„Also hören Sie jetzt bitte genau zu: Die Patientin soll noch während des Besuches der Frau aus Kalterherberg eingeschlafen sein, vier Stunden fest geschlafen haben und beim Aufwachen soll sie ruhig und…", der Gesichtsausdruck Dr. Bodes verzog sich zu einem Grinsen, „schmerzfrei gewesen sein." Er lachte und setzte noch einmal nach: „Ja, Herr Kollege Geissmann hat es mehrfach bestätigt: schmerz-frei!" Es widerte Matthias Beckerts an, wie Bode das letzte Wort zu einem fast viersilbigen „schme-erz-fe-rei" zerdehnte. „Machen wir uns nichts vor: Egal, was

16

da vorgefallen ist, Spontanheilung, ein dummer Zufall oder …", hier wurde er wieder lauter und unbeherrschter, „wenn die Eltern gegenüber diesen Zeitungsleuten von einem Wunder sprechen, dann ist das ihre Sache! Wenn aber ein Kollege so einem Unsinn zustimmt und der Presse etwas von einer Wunderheilung erzählt, dann ist das Verrat! Ich sage: Verrat! Verrat an der Medizin. An der Wissenschaft. Am gesunden Menschenverstand."

Jetzt wandte sich Bode direkt an Geissmann: „Soll ich Ihnen vorlesen, was das Grenzland-Echo schreibt? Wollen Sie es hören?"

Matthias Beckerts wusste, dass Bode aus dem Artikel zitieren würde, ganz gleich, wie Geissmanns Antwort ausfallen würde.

„Ich kenne den Artikel", sagte Geissmann, jetzt erstaunlich ruhig, und schwieg dann wieder, was den Kreis der Ärzte noch mehr irritierte.

Wie Beckerts vermutet hatte, blieb Chefarzt Dr. Heinrich Bode völlig unbeeindruckt von Geissmanns Reaktion. Er hielt, als ob das schon ein Beweis sei, die Ausgabe des Grenzland-Echos in die Luft und schlug, als wolle er den Artikel wie eine lästige Fliege vertreiben, immer wieder mit seinen zurück-schnellenden Fingern gegen das Papier. Da er wohl sah, dass dies eine ungeeignete Methode war, das Geschriebene ungeschrieben und das Geschehene

17

ungeschehen zu machen, versuchte er durch ein paar Zitatfetzen etwas Druck abzulassen:

„Hier steht es: *Wie selbst der erfahrene Arzt Dr. Ulrich Geissmann* und so weiter, und hier: *In dreizehn Jahren Krankenhauserfahrung ist mir eine solche Wunderheilung noch nie* und hier: *Unsere ärztliche Kunst war ratlos, da muss eine andere Kraft am Werk gewesen sein, wie Dr. Geissmann weiter sagte.*" Bode ließ die Zeitung sinken und blickte wie ein trauriges Kind in die Runde. Er suchte, so schien es Matthias Beckerts, nach Unterstützung, nach Signalen der Entrüstung. Aber schaute er ausgerechnet ihn an, den unerfahrensten und jüngsten in der Runde? Wollte er von ihm eine Stellungnahme, ob er an den „Schwindel" glaube?

Es ärgerte Beckerts, wie Bode seinen Kollegen der Lächerlichkeit preisgeben wollte. Hatte Geissmann nicht nur wiedergegeben, was er tatsächlich beobachtet hatte? Wie hätte er wohl selbst reagiert, wenn er an diesem Tag Dienst gehabt hätte? Was mag dahinter stecken? Viele Fragen schossen Beckerts durch den Kopf, als er versuchte, auf die Frage seines Chefs zu reagieren. Natürlich widerspreche der Vorfall allen ärztlichen Erfahrungen, natürlich dürfe man dem Fall nicht so viel Gewicht geben, vielleicht sei die Angelegenheit gar nicht eindeutig zu klären, aber er verstehe die Erregung des Chefarztes, dessen Krankenhaus …

Was Beckerts auch sagte, er ärgerte sich, überhaupt geantwortet zu haben. Ohne mit jemandem zu sprechen, ging er sofort nach Ende der Besprechung zum Haupteingang des Monschauer Krankenhauses.

Die große Eingangshalle war weihnachtlich geschmückt, wie jedes Jahr in der Zeit, und in einer Art Glaskasten direkt rechts neben der Eingangshalle hingen Rauchschwaden in der Luft, denn hier war der einzige Ort, an dem mit Duldung des Krankenhauses die Gesunden, die Kranken und Genesenden rauchen durften. Eine dem ärztlichen Zugriff entzogene Insel der Seligen in einem Meer der Krankheit, des Sterblichen, des Hinfälligen, dachte Beckerts, ein Ort, an dem den Göttern des Irrationalen geopfert wurde: Bier wurde hier getrunken, aber vor allem geraucht, viel geraucht.

Der Dunst der zahllosen Zigaretten stieg nach oben und verflüchtigte sich, wenn die automatische Eingangstür mit neuen Besuchern auch einen kleinen Windstoß einließ. Hier, so schien es Beckerts, rauchte man gegen die Krankheit an, hier herrschte der Mensch in seiner Leidenschaftlichkeit. Vielleicht, dachte er, als er zum Eingang strebte, hat ein kluger Kopf aus diesem Grund den Raucher-Bereich „Halle des Volkes" genannt.

„Tach, Herr Doktor", rief es Beckerts entgegen und er erwiderte die Fröhlichkeit des Grußes so gut, wie er konnte. Doch bei allem Verständnis für die private Leidenschaft des Kranken, der ihn gegrüßt hatte, irritierte es ihn sehr, dass der „Herzinfarkt aus Steckenborn", um den er sich so intensiv bemüht hatte, offenbar schon wieder in die Reihe der Rauchenden strebte, Patienten, deren gestreifte Morgenmäntel bei Beckerts Assoziationen an Gefangene weckten.

Er war keiner von ihnen, dachte Beckerts, er gehörte auf die andere Seite des Acheron, des schwarzen Flusses, der die Grenze zum Reich der Toten bildete, wie sonst könnte er jetzt über die Schwelle des Krankenhauses gehen, wie es ihm beliebte.

Es machte Beckerts Spaß, seinen Gedanken freien Lauf zu lassen, so absurd sie manchmal auch waren. Alles war ihm recht, wenn es ihn nur erheiterte, ablenkte von der Zusammenkunft bei Bode. Und so skandierte er, als er den alten Toni geschäftig an der Rezeption arbeiten sah, wo er vor einer Menge von Knöpfen und leuchtenden Tasten saß, den Telefonhörer in der Rechten haltend, während seine rechte Hand suchend über den Knöpfen hin- und herschwebte: „Heiliger Antonius, hilf mir suchen! Heiliger Antonius, hilf mir suchen!"

Er kam sich recht albern vor, auch als er im Eingang - oder war es der Ausgang? Eine Definitionsfrage, egal - mit Pater Pedro, dem Krankenhausseelsorger, zusammenstieß und unhörbar dessen Spitznamen „Speedy Gonzales" vor sich her sagte. Respektlos, dieser Spitzname, dachte Beckerts, immerhin war Pater Juan Gonzales Alvarez ein würdiger Mann der Kirche, ein wirklicher Grenzgänger zwischen drinnen und draußen, der - und deswegen trug er seinen Spitznamen - mit der letzten Ölung oder Krankensalbung immer schneller war als der Tod. Die Eingangstür schloss sich, Beckerts atmete klare Luft.

II

Die Begegnung

„Halte die Mitte der Bahn!"

Den Weg von Monschau hinauf nach Kalterherberg hatte er in den drei Jahren, die er schon im Krankenhaus unter Bode arbeitete, erst ein einziges Mal genommen. Ann-Christin, eine Soziologie-Studentin, die er aus seiner Kölner Zeit kannte, hatte ihn begleitet und ihm damals zu verstehen gegeben, das sie jemand anderen kennengelernt hätte und so weiter. Das übliche Gerede: „Wir wollen Freunde bleiben". Warum also hätte er noch einmal nach Kalterherberg fahren sollen?

In zahlreichen Kurven windet sich die Straße, als wolle sie einen anderen Ort erreichen, bis eine höhere Gewalt sie gleichsam zurück biegt und nach endlosem Biegen und Loslassen mit dem Ortseingang verbindet.

Dann wehrt sich die Straße nicht mehr, sondern führt gerade durch den Ort, wie beruhigt, bezwungen.

Hätte jemand Beckerts gefragt, er hätte es wohl kaum zugegeben, dass er nicht nur der wundersam verschneiten Landschaft wegen, nicht nur wegen der für das Hohe Venn charakteristischen Hecken nach Kalterherberg gekommen war.

Was hätte er auch sagen sollen? Er müsse einer merkwürdigen Sache nachgehen? Hier oben in Kalterherberg müsse es Leute geben, die anders heilen als die Ärzte da unten? Wissen sie, wer hier aus dem Ort die kleine Susanne Hofmann geheilt hat? Oder doch wenigstens von den Schmerzen befreit?

Er stellte seinen graublauen Golf am Hotel Hirsch ab und ging, der Straße folgend, auf die kleine Grenzstation zu, die noch heute die Grenze nach Belgien markiert, obwohl es doch schon lange keine Kontrollen mehr gab. Einen Moment dachte er über das Schild nach, das am Parkplatz vor dem Hotel Hirsch angebracht war: Nur für Gäste. Sind wir nicht alle Gäste, Gäste auf Erden, wie es in dem alten Kirchenlied heißt: *Wir sind nur Gast auf Erden und wandern ohne Ruh / mit mancherlei Beschwerden der ewigen Heimat zu.*

Die Grenzstation erschien Matthias Beckerts wie ein Relikt aus längst vergangenen Zeiten. Hier kochte kein Zöllner mehr Kaffee, früher, ging ihm durch den Kopf, früher hätte er sich bei dem Zöllner vielleicht verdächtig gemacht, weil er lachend über die Grenze ging, da er an die biblische Gleichsetzung von Zöllner und Sünder denken musste.

Seit einigen Tagen, vielleicht sogar seit jenem Vorgang um den Kollegen Geissmann, hatte Matthias Beckerts ein ihm etwas fremd gewordenes Gefühl wieder entdeckt, eine willkommene Ahnung, dass sein Leben mehr bieten könne als Arbeit und Ruhe, als das Krankenhaus mit Bode als Chef und seine recht bescheidene Dachwohnung mit Blick auf die Kirche Mariä Geburt. Eine Leichtigkeit hatte ihn ergriffen, die ihm in dem Maße bislang unbekannt war. Er ließ sich treiben, ging viel zu Fuß, vor allem im Dunkeln. Oder verfiel er zusehends dem Leichtsinn, einer gewissen Leichtfertigkeit?

Der Weg führte ins Belgische hinein an ein paar schlichten, soliden Häusern vorbei, leicht ansteigend. Seine Erziehung war darauf angelegt gewesen, ihn zu einem rationalen und funktionierenden Wesen zu machen. Brachte er deswegen keine dauerhafte Beziehung zu einer Frau zustande? Aber nein, rief ihn die Ratio zur Ordnung, es ist dein Beruf, Matthias, dein fantastischer, aufopferungsvoller Beruf. Welche Frau würde das schon …?

Matthias Beckerts wollte sich einfach nicht eingestehen, dass vielleicht doch vor allem an ihm selbst liegen mochte, wenn seine Freundinnen ihn nach wenigen Wochen als „zu anstrengend" oder als „zu langweilig" bezeichneten. Nein, diese Frauen konnten nicht recht haben, so schlecht konnte er nicht sein.

Es fing an zu schneien. Ha, dachte er, die wirbelnden Flocken habe ich mit meinem Wirrwarr an Gedanken in Gang gesetzt, eine Vorstellung, die ihn lachen ließ. Aber konnte er einfach weiter gehen? Sollte er sich nicht lieber umdrehen, um zu schauen, ob ihn jemand beobachtete? Wenn es auch keine Zöllner mehr gab, die sein Lachen im Schneefall hätten beargwöhnen können, so doch vielleicht ein Waldarbeiter? Ein Wanderer? Kehr um, sagte er sich, geh wieder auf die andere Seite, Matthias, zurück auf die andere Seite.

Er drehte sich um und ging im inzwischen dichten Schneefall wieder zurück. Kein Zollbeamter lächelte ihm zu, kein Passant schaute ihn misstrauisch an, als wollte er sagen: Schon wieder zurück? Angst? Kein Ziel? Keine Kraft? Keine Lust?

In der Wirtsstube des Hotels Hirsch setzte er sich in die Nähe des Ofens, von wo er den gesamten Raum gut überblicken konnte. Der Wirt, ein gemütlich aussehender Mann, lächelte Beckerts an, als wäre dieser schon oft Gast in seinem Lokal gewesen.

„Was darf's denn sein?"

„Kaffee und Kognak, bitte!"

„Kännchen oder Tasse?"

Erst jetzt fiel Beckerts ein, dass er noch nie Kaffee und Kognak bestellt hatte - ausgerechnet Kognak! Den hatte er immer verabscheut. Kognak erinnerte ihn an seine Kölner Zeit, als er mit seinem potentiellen Schwiegervater bei jedem Besuch ein oder zwei Gläser davon trinken musste („tu meinem Papi doch den Gefallen").

Ohne auf Antwort zu warten verließ ihn der Wirt und kehrte schon nach wenigen Minuten mit dem Gewünschten zurück - einer Tasse Kaffee und einem Glas ölig aussehenden Kognak. Matthias Beckerts beobachtete, wie der Kognak, als der Wirt das Glas absetzte, am Glas hochschwappte, wieder nach unten glitt und wie die feuchten Schlieren erst Sekunden später dem Rest nach unten folgten. Schwerkraft. Trägheit. Er nahm das Glas und kippte es hinunter. Dabei fiel sein Blick auf eine Gruppe junger Leute, die, um einen älteren Herren geschart, heftig diskutierten. Die Worte „Methodik" und „Didaktik" drangen an sein Ohr und legten den Schluss nahe, dass es wohl Lehrer oder, ihrem Alter nach zu urteilen, angehende Lehrer sein mussten. Ob sie wohl im Hause übernachteten?

Ein schöner Beruf, Lehrer, dachte Beckerts. Vielleicht hätte er Lateinlehrer werden sollen wie sein Vater, denn er liebte die alten Sprachen. Sie schienen ihm so eindeutig, alles darin schien ihm durch Nachdenken lösbar: *Aequam memento rebus in arduis servare mentem, non secus in bonis ab insolenti temperatam laetitia* - Denk daran in schwierigen Situationen Gleichmut zu bewahren, hieß das übersetzt, nicht anders enthalte dich in glücklichen Stunden allzu großer Freude. Sein Vater hatte ihm diese Horazverse in das Buch geschrieben, das er ihm zum bestandenen Physikum geschenkt hatte. Beckerts liebte diese Worte. Er liebte alles Gemessene, weshalb er, wenn seine Zeit es erlaubte, Seneca las.

In einer anderen Ecke der Gaststube saß ein älteres Ehepaar. Mercedes-Benz-Generation, dachte Beckerts nüchtern, ehemalige Geschäftsleute, vertrauenerweckend, bieder, fleißig, Ruhestand.

Aber es gelang ihm nicht, seine Überlegungen in Ruhe fortzuführen. Warum andere Leute beurteilen? Sollte er sich nicht besser um seinen eigenen Kram kümmern, das Ziel verfolgen, das ihn schließlich hierher getrieben hatte?

Draußen schneite es immer noch. Beckerts winkte dem Wirt. Diesmal dauerte es länger, bis er kam. Eine mönchische Heiterkeit überstrahlt diesen Mann, ging Beckerts durch den Kopf, aber dann wusste er nicht, wie er auf diesen Gedanken gekommen war. Der Wirt beugte sich zu Beckerts hinab und wartete offenbar auf eine weitere Bestellung. Seine Augen verrieten einen Moment der Unsicherheit, als er

Beckerts Frage hörte: „Haben Sie gelesen, was unten im Krankenhaus passiert ist?"

Ohne langes Zögern fragte er zurück: „Dat mit dem Mädchen, dat sich verbrüht hat? War soll damit sein?"

Jetzt war Beckerts wieder am Zug. Ihm fiel nichts Besseres ein als: „Die Frau, die dem Mädchen geholfen hat, soll hier aus Kalterherberg sein."

„Da müssense mich net fragen!"

„Wer weiß denn darüber Bescheid?" fragte Beckerts beharrlich. Der Wirt überlegte kurz und wandte sich zur Theke. „Augenblick", sagte er und ging auf einen etwa fünfzigjährigen Mann in Anstreicherkleidung zu. Die beiden wechselten ein paar Worte und blickten dann zu Beckerts hinüber. Der Anstreicher winkte ab und trat einen Schritt zurück.

Irrte sich Beckerts oder hatte der Anstreicher einen entrüsteten Gesichtsausdruck gehabt? Der Wirt steuerte wieder auf Beckerts Tisch zu.

„Der weiß auch nichts", versicherte er, offenbar bemüht, seinen Worten einen Unterton des Bedauerns zu geben. „Kommen Sie doch an einem Mittwoch nach Weihnachten mal vorbei", fügte er zu Beckerts Erstaunen dann doch noch hinzu, „dann probt abends der Kirchenchor in meinem Sälchen. Da ist einer, der sagt Ihnen vielleicht wat."

29

Beckerts bedankte sich für den Hinweis. Dann zahlte er. Als er den Rest des Kaffees austrinken wollte, stellte er fest, dass der Kaffee völlig kalt geworden war und er ihn überhaupt nicht angerührt hatte. Er trank den Kaffee kalt und ging.

III

Ex Maria Virgine

„Und schaue du nicht auf Bootes…"

Es schneite. Ein nasser Schnee, der nicht liegen blieb, aber es schneite. Wie im vergangenen Jahr hatte sich Matthias Beckerts zum Dienst am Heiligabend gemeldet. Seine Kollegen dankten es ihm, besonders die Wintersportler und solche mit Kindern. Dabei sah er es in keiner Weise als Opfer an, gerade einen solchen Tag in der Klinik zu verbringen, in der Geborgenheit der Klinik. Die Erfahrung und die Statistik, aber auch Beckerts sehr persönliche Theorie der Krankheit, über die er nur selten sprach, hatten ihn gelehrt, dass Weihnachten die ruhigste Zeit im Krankenhaus war. Man wurde Weihnachten nicht krank. Kurz vorher nicht und am Fest selber nicht. Wohl unmittelbar danach, als staue sich morbides Potential bis zur Entladung am 27. Dezember, dem Fest des heiligen Stephanus.

Seinen Eltern in Köln hatte er schon vor Wochen erklärt, dass sie Heiligabend und den ersten Weihnachtstag ohne ihn würden feiern müssen. Sie hatten natürlich Verständnis, dass er als Junggeselle an solchen Tagen für seine Kollegen einsprang. In Köln hatte es geregnet, es sei unnatürlich warm, hatte seine Mutter am Telefon gesagt, er werde doch wenigstens am zweiten Weihnachtstag zum Essen kommen.

Er würde fahren, würde wie immer ohne Geschenke vor der Tür stehen und stattdessen seiner Mutter Blumen mitbringen. Man würde zusammen sitzen und ruhig miteinander reden. Matthias Beckerts würde, ohne das begründen zu müssen, im Sessel sitzen und alte Zeitschriften durchblättern. Die Kölnische Rundschau, die Programmzeitschrift, ja selbst die Kirchenzeitung würde er sich vornehmen und bis zum Abend „de Zeidung studieren", wie sein Großvater immer gesagt hatte, nur unterbrochen durch die Freundlichkeit seiner Mutter, wenn sie ihm Kaffee oder selbst gebackene Plätzchen reichte. „Lass den Jungen nur lesen", würde sie zu Vater Beckerts sagen, „ich bin so froh, dass er hier ist."

Der Nachmittag war erreicht. Bei seinen kurzen Besuchen bei den Kranken hatte Beckerts Gelegenheit, ein paar Augenblicke des Fernsehprogramms in sich aufnehmen zu können. Früher, erinnerte er sich, hatten selbst reifere Menschen „Wir warten aufs Christkind" gesehen und dabei eine Haltung eingenommen, die Beckerts nur schwer einzuordnen wusste. Eine Mischung aus sentimentaler Zuwendung und Distanz schien es ihm zu sein, eine Mischung aus Langeweile und kindlicher Naivität.

Beckerts wusste, dass die Zeit der Bescherung, die Zeit nach Einbruch der Dunkelheit, den einen oder anderen zu Tränen rühren würde. Dann würde ein rührseliger Film im Fernsehen kommen, vielleicht sogar Helene Fischer, um dem Ganzen zusammen mit der Ansprache des Bundespräsidenten nach der Tagesschau einen überweihnachtlichen, sphärischen Ton zu geben.

In der „Halle des Volkes" saßen nur die Hartgesottenen, die Nikotinabhängigen, Weihnachtsflüchtlinge der besonderen Art bei ihrer Flasche Bitburger und ließen das Abendessen, die Tagesschau und einen „anständigen Film" auf sich zukommen. Heiligabend im Krankenhaus, da war Beckerts sich sicher, war die beste Bestätigung, dass er etwas Sinnvolles tat und gebraucht wurde.

Selbst die alte Dame auf Zimmer 36, die schon seit Wochen mit dem Tod rang, ihn aber nicht zuließ, dann doch wieder resignierte, sich abermals aufbäumte und wieder einen Sonnenaufgang erlebte, dem sie wach seit Stunden entgegen gefiebert hatte: Auch sie war heute ruhiger.

Als Matthias Beckerts an ihr Bett trat und „Na, Frau Seipel, wie geht es denn heute" sagte, sah sie ihn nicht so enttäuscht und entmutigt an wie noch vor Tagen. Sie fragte ihn nach der Uhrzeit, und da Beckerts wegen der zahlreichen „Abgänge über die Tage" keinerlei Hektik verspürte, sondern im Gegenteil einer ruhigen Nacht entgegen sah, setzte er sich zu ihr, nestelte, um wenigstens den Anschein einer medizinischen Handlung zu erwecken, am Schlauch des Tropfs, überprüfte die Leitung und sah sich die zahllosen blauen und schwarzen Flecken auf beiden Armen der alten Dame an.

„Jetzt haben wir wieder Weihnachten", sagte er und erhielt sofort eine Reaktion: „Weihnachten im Krankenhaus. Das ist das erste Mal in meinem Leben, dass ich nicht bei meiner Tochter bin." Mühsam, aber nicht gequält, hatte Frau Seipel gesprochen.

„Und früher, wie war das denn früher an Weihnachten, als sie noch Kind waren, Frau Seipel?" fragte Beckerts. Und sie begann, wie er es erhofft hatte, zu erzählen: von Ostpreußen, von dem verlorenen Gutshof („…wir hatten eigene Fischer…") unmittelbar am Haff. Ihre Augen strahlten. Sie beschrieb, wie der Kutscher, der alte Raffelt, die Pferdeschlitten zurechtgemacht hatte, mit denen er die Familie wie jedes Jahr zum Weihnachts-Gottesdienst gefahren hatte. Dann Kriegserinnerungen. Die eigene Tochter, in Decken gehüllt auf dem Schoß, die Flucht. Sie übersprang Jahrzehnte, als wolle sie das Gute für sich behalten.

Matthias Beckerts bemerkte erst jetzt, dass die alte Frau seine Hand genommen hatte, er spürte die kalte Hand, die nicht mehr zu wärmen war. Ihre Situation war noch nicht „final", wie Bode in solchen Fällen zu sagen pflegte, aber ein Hauch von Tod lag schon über ihrem Körper. In Decken gehüllt. Flucht über das gefrorene Haff. Grenzland.

Mit den Patienten zu reden, auch über Privates, war ihm in den letzten Monaten wichtiger geworden, auch wenn er erkannte, dass jeder Kontakt und jede ehrliche Kommunikation mit Kranken ihn selber ein Stück verbrauchte und zumindest gedanklich beschäftigte. Während seiner Ausbildung in Köln hatte ihm ein alter Pfleger, der Hubert, den Rat gegeben, sich nicht zu lange bei Schwerkranken aufzuhalten, vor allem nicht auf die „gleiche Schwingung" mit ihnen zu kommen. Ja, er hatte das Wort „Schwingung" gebraucht, das Beckerts an den Beach-Boys-Song „Good Vibrations" erinnert hatte. „Die saugen dir die letzte Kraft weg", hatte Hubert erklärt. Hubert, ein kölsches Ungetüm, der von seinen Freunden „Hüppet" genannt wurde, wusste mehr als das, was Beckerts an der Universität gelernt hatte. „Die saugen dir die letzte Kraft weg" - Beckerts musste an den Satz denken, als er den nur mit Anstrengung vorgetragenen Schilderungen der alten Dame lauschte.

Wenn man viel Kraft hat, sollte man auch abgeben und teilen können, war Beckerts Devise. Der Gedanke der Übertragung von Kräften, in welcher Richtung auch immer, faszinierte ihn. Positives Denken etwa, das hatte er schon während seiner Studienzeit erlebt, kann vieles freisetzen. Sein Umgang mit Patienten hatte ihn in seiner Ansicht bestätigt. Schon ein Hinweis, sie sähen aber schon viel besser aus, oder eine gezielte kleine Unwahrheit wie „die Leberwerte sind schon erheblich besser" hatten vor seinen Augen Kranke zu Genesenden gemacht und Genesende zu Gesunden. Positives Denken, das hatte er sich zum Ziel gesetzt, sollte stets Bestandteil seines Lebens sein. Wo immer er konnte, praktizierte er es. Warum sollte der alte Hubert nicht richtig beobachtet haben, dass psychische Kräfte in vielfacher Weise wirken und zwischen Menschen ausgetauscht werden können?

Das Sprechen hatte Frau Seipel aber doch so angestrengt, dass sie die Augen nicht mehr offen halten konnte. Sie schien zu schlafen, Beckerts wünschte ihr leise „Frohe Weihnachten", löste seine Hand von ihrer kalten Hand und verließ Zimmer 36.

Gegen das, was er in den letzten Minuten gehört und erlebt hatte, erschien ihm das Geschehen im nächsten Krankenzimmer eher nichtssagend, hohl. Nachdenklich, den ostpreußischen Gutshof und das zugefrorene Haff noch vor Augen, betrat er Zimmer

38, das sich drei Frauen teilten. Der Fernseher lief und Beckerts sah, wie die sterile Freundlichkeit des Sprechers von einer Gasexplosion in einem bayerischen Hotel berichtet. Und nun das Wetter. Routine. Routine dann auch sein Besuch bei den Gallenkranken auf Zimmer 44.

Er nahm sich vor, etwas später wieder eine Runde zu machen, dann, wenn die Sendeanstalten Weihnachten zu einem wirklichen Erlebnis machen wollten, mit irgendeinem Spielfilm, mit den Spätnachrichten und wieder dem Wetterbericht und noch einem Spielfilm. Mehr als die zufälligen, kurzen TV-Impressionen hielt er an solchen Tagen nicht durch, weshalb er es ablehnte, von dem Fernsehgerät im Zimmer des diensthabenden Arztes Gebrauch zu machen. Auch zu Hause sah er kaum fern.

Während er auf die Tür des Arztzimmers zusteuerte, überlegte er, wer von seinen Kollegen wohl fernsehe, wenn er Dienst hatte, und welche Sendungen in Frage kämen. Die Luthe würde höchstens ein Kulturmagazin einschalten, vermutete er, vielleicht auch einen besonderen Film, den sie dann selbst zu Ende denken musste, weil man sie wieder zu einem Patienten gerufen hatte. Dr. Teirich liebte sicher Shows („mal so richtig abschalten"), denn der Teirich, dachte Beckerts, war sicher kein Freund des Nachdenkens und der großen Zusammenhänge. Der Arandi? Politische Sendungen, möglicherweise.

Dr. Hattingberg? Da fiel Beckerts nichts ein, was gepasst hätte. Der sieht auch nicht fern, vermutete er. Der Wiesenhütter hingegen, da war es ihm klar, ein „G'schaftlhuber" wie der Wiesenhütter las wahrscheinlich die Zusammenfassungen oder sah sich Vorschauen an und wusste dann, was so gelaufen ist. Wiesenhütter, vermutete Beckerts, hatte keinerlei Bedenken, je nach situativer Erfordernis vorzugeben, er habe das eine oder andere oder auch noch eine dritte Sendung gesehen, ohne auch nur ein Mal das Gerät angeschaltet zu haben. So wie Wiesenhütter auch auf die Frage des Chefarztes, ob er „Der Name der Rose" gelesen habe, einfach nicht zugeben konnte, dass er nicht mal den Film gesehen hatte. Stattdessen hatte Wiesenhütter aus dem Kopf aus einem SPIEGEL-Artikel zitiert, was so peinlich war, dass es auch den anderen hätte auffallen können, wie Wiesenhütter sich wieder einmal um des Effektes willen seiner wohl im politischen Raum antrainierten Fähigkeiten bedient hatte. Eine Sendung, die zu Wiesenhütter passte, überlegte Beckerts, war „Was bin ich?". Hätte Wiesenhütter die Frage, die Titel des Programms war, das sich Beckerts früher ab und an gerne angeschaut hatte, für sich ehrlich beantwortet, so wäre diese Antwort nicht sehr schmeichelhaft für den Kollegen ausgefallen.

Nur bei einem Kollegen war Beckerts sicher, dass ihm „fernsehmäßig nichts entging", sobald er die

Tür des Arztzimmers hinter sich geschlossen hatte: Geissmann. Geissmann zeichnete, wie er einmal Wiesenhütter erzählt hatte, alles auf, was nicht „niet und nagelfest" ist. Seine persönliche Videothek fülle zahlreiche Festplatten, hatte er stolz versichert.

Beckerts Blick fiel auf den Schreibtisch, auf dem sich nur ein uralter, billiger Radiowecker befand. Ein paar medizinische Bücher lagen auch herum, darauf ein handgeschriebener Zettel: „Ruth anrufen!" mit dem er nichts anfangen konnte. Der Schreibtischstuhl sah so aus, als hätte sein letzter Benutzer ihn nur kurz verlassen, denn über der Lehne hing die orangefarbene Lederjacke, die die Ärzte im Notwagen tragen mussten. Beckerts ließ das bunte Ding dort hängen, obwohl er die Jacke, die ihm immer wie ein Mahnmal ärztlicher Macht vorkam, nicht besonders mochte.

Gleich neben dem Schreibtisch stand das Bett, das den Chic der 80er Jahre verriet. Es war nicht bezogen, denn jeder Diensthabende räumte nach Dienstende sein Bettzeug in den namentlich gekennzeichneten Kasten im Schrank neben dem Bett. Beckerts nahm sein Bettzeug aus seinem Fach und legte es so ordentlich, wie er es für nötig hielt, auf sein Nachtlager.

Er zog sich nicht einmal die Schuhe aus, als er sich auf dem gelblichen Bettzeug ausstreckte. Er lag da, die Hände im Nacken, und starrte gegen die Decke.

Obwohl sein Kollege Teirich schon seit zwei Tagen keinen Dienst mehr gehabt hatte, lag noch ein leichter Geruch von Zigarettenqualm in der Luft. Er war der einzige Raucher unter den Kollegen, obwohl ihm seine tägliche Arbeit doch genügend Menschen zuspielte, deren körperliche Situation ihn hätte warnen müssen. Doch Teirich, der hypertonische Teirich, schien ohne seine tägliche Dosis von mindestens 30 Zigaretten nicht leben zu wollen.

Beckerts Geruchssinn war überdurchschnittlich gut, was ihm bei seiner Arbeit oft nicht gerade zustatten kam, aber auch sein Geschmackssinn war so gut ausgeprägt, dass er sich dem verrückten Mörder in Edgar Alan Poes Geschichte sehr verbunden fühlte, der den Herzschlag seines Opfers noch lange nach der Tat zu spüren glaubte. Overacuteness of the senses, so erinnerte sich Beckerts, hatte den Madman schließlich überführt. Auf dem Bett liegend stellte sich Beckerts diesen armen übersensiblen Mann vor. Einmal, so erinnerte er sich, hatte er eine Schallplatte von Alan Parsons Project gehört. Parsons, so war es ihm erschienen, war es gelungen, mit den Mitteln der Rockmusik den Gemütszustand des kranken Mörders bis zu seiner Festnahme wiederzugeben, nein nachzuahmen, für immer zu bannen. Beckerts erinnerte sich, wie er als Student in seiner kleinen Wohnung diese Platte in voller Lautstärke über Kopfhörer gehört hatte und dann im Zimmer herum gegangen war, so weit es das Kabel des Kopfhörers erlaubte, und aus dem Fenster auf die belebte Straße geblickt hatte.

Schon damals hatte Beckerts den Zustand geliebt, in dem er sich auch jetzt wieder befand. „Floating" nannte er das, wenn er seinen Gedanken freien Lauf lassen konnte. Alles, was er zu tun hatte, war getan. Er hatte sein Handy auf den Schreibtisch gelegt, aber er war sicher, dass er nicht gestört werden würde. Zu Weihnachten, sagte er sich, gibt es bestimmt auch dieses Jahr wieder keinen Notfall.

Floating. In einem Zustand zwischen Wachen und Schlafen befand er sich nun, ein Zustand, der ihm das Entspannen und Loslassen ermöglichte, nachdem er die Stufe der sich jagenden Assoziationen hinter sich gebracht hatte. Doch noch hatten die Assoziationen gerade erst richtig eingesetzt: Ein Kaleidoskop von Farben sah er, Farben, die er den Kardinaltugenden zuordnen wollte, womit er aber nicht so recht weiter kam. Das beruhigende Blau, das schrille Gelb, die Farbe der Schizophrenie, kann dieses Gelb die Farbe der Tugend sein? Ich halte keinen Gedanken fest, sagte er sich, dränge keinen Gedanken zurück. Milchiges Orange, Ruth anrufen, wieder ein Blau, könnte Grün nicht die Farbe der Stärke sein? Aber wer ist Ruth? Luftblasen, die aus dem Meer von Blau auftauchen und an der Oberfläche nach einem kurzen Aufblubbern zerstieben. Zerstieben? Memento

41

mori! Grün zwängt sich, dichter und dicker werdend, in die blaue Welt. Blauer Traum, blauer Raum, rote Schlieren durchziehen das Blau, umkreisen es, durchdringen das Grün und drängen es seitlich ab. Rote lamettaartige, zur Mitte hin sich verdickende Fäden bedrohen das Blau des Hintergrunds, verschmelzen mit dem Grün und fließen wabernd durch das längst nicht mehr Blaue. Wer Ohren hat zu hören. Wieso hören? Das Rote steigt, sich stets erneuernd, auf, neues Rot drängt von unten nach, umhüllt die Ränder, zerstößt die eben noch klaren Grenzen des Gedankenmeers und stößt in neue Bereiche vor. Ein Licht, unscheinbar, flackert fern und scheint das Rot zum Stillstand zu bringen. Ein Objekt, Subjekt? Das Licht rückt näher. Oder wer rückt da, rücke ich näher ans Licht? Es wird heller, das Rot verflüchtigt sich, hält sich nicht gegen das Licht. In praesepio – in der Krippe. Transeamus. Helle. Aussetzen der Schwerkraft. Matthias Beckerts lässt alles los und ist frei.

Es war gegen 23 Uhr, als er sich wieder erhob. Die roten Leuchtziffern des Radioweckers waren die einzige Orientierung im Dunkel des Arztzimmers. Ohne Licht zu machen ging er zur Tür, öffnete und trat in den Flur hinaus. Im Schwesternzimmer, dessen Tür stets offen stand, hörte er Lachen. Schwester Brigitte, dachte er, könnte sie mir raussuchen. Selbst wollte er nicht in der Hängeregistratur herumsuchen, nein, er musste Schwester Brigitte fragen. Er betrat das Schwesternzimmer und wurde freundlich begrüßt. „Wir haben uns schon gewundert, wo Sie stecken!" Beckerts bemühte sich, ebenso freundlich zu antworten. Die Schwester hielt ihm einen bunten Weihnachtsteller hin. Ihre Kollegin deutete auf den Teller und sagte: „Greifen Sie zu!" Ingeborg hieß diese Schwester, tatsächlich Ingeborg, was Beckerts von Anfang an verwundert hatte. Ingeborg war kein Pseudonym, kein Künstlername, nein, sie hieß wirklich Ingeborg. Der uralte Film wurde wohl öfters im Fernsehen wiederholt, jedenfalls erlebte Beckerts immer wieder, dass Patienten sie mit „Nachtschwester Ingeborg" ansprachen. Selbst ernsthaft Kranke machten, wenn die Phase der Witzeleien, des Nicht-Wissen-Wollens und des Ablenkens einsetzte, ihre Scherze mit ihrem Namen.

Beckerts wollte kein Weihnachtsgebäck, setzte sich aber an den Tisch und fragte nach besonderen Vorkommnissen. Er müsse wohl eingeschlafen sein und habe nichts mitbekommen. Dann trug er ruhig Schwester Brigitte seinen Wunsch vor. Dienstbeflissen verschwand sie hinter einer Trennwand, hinter der sich die Krankenberichte der letzten Wochen, alphabetisch geordnet, befanden.

Die Schwester gab ihm eine braune Mappe in durchsichtiger Hülle mit der Bemerkung: „Sie sind schon der zweite, der danach fragt."

43

Beckerts nahm den Krankenbericht und stand auf. Ich hätte sie fragen sollen, wer sich außer mir noch für diesen Fall interessiert, ging ihm durch den Kopf.

Wieder im Arztzimmer machte er Licht, legte die Mappe auf den Schreibtisch und setzte sich auf den Stuhl. Die orangefarbene Notarztjacke störte ihn. Er nahm sie und warf sie auf das Bett. Zur Kontrolle, ob ihm die richtige Akte gegeben worden war, schlug er die Akte auf und las halblaut: „Susanne Hofmann, Verbrennung 3. Grades."

IV

Die Befragung

„…im Drang, sich zum Himmel zu heben…"

Es wurde schon das österliche Repertoire geprobt und dabei war erst Mittwoch nach Weihnachten. Doch da wurde eines der „Traditionals" aus dem *Florilegium* gesungen, das er von seinem Vater kannte: *O Bone Jesu*. Was gab es da noch zu üben? Beckerts staunte. Mit Hingabe wurde gesungen und es klag fehlerfrei, so als ob der Kirchenchor von Kalterherberg das Stück schon seit Jahrzehnten im Programm gehabt hätte.

Der Wirt erkannte Beckerts sofort wieder, vielleicht half aber auch die Tatsache, dass Matthias Beckerts wieder in der Nähe des Ofens Platz genommen hatte. Und wieder diese seltsame Heiterkeit des Wirtes, als er ihn mit seinem rheinischen Einschlag in der Sprache fragte, was er denn bringen solle, und als er hinzufügte: „Sie lassen net locker, wat? Wollen Sie sich wirklich mit dem Kram beschäftigen? Isch würd de Finger davon lassen, wenn isch an Ihrer Stelle wäre."

Beckerts wunderte sich, dass sein Wunsch, mehr über die Geschichte mit dem verbrühten Mädchen zu erfahren, imstande war, dem Wirt diese Worte zu entlocken.

„Aber wenn Sie unbedingt wollen. Um neun macht der Kirchenchor Pause. Dann schick ich Ihnen den Herrn Tautges. Der kann Ihnen mehr sagen."

Damit wollte sich Matthias Beckerts schon begnügen und zu einem Dank ansetzen, als der Wirt noch hinzufügte: „Am besten sagen Sie ihm, Sie würden Rat brauchen und wollten einen Bekannten von Ihnen anhauchen lassen; der kann dat nämlich. Also, der wird Ihnen sagen, wat Sie wissen wollen."

Der Wirt entfernte sich und ließ einen irritierten Matthias Beckerts zurück. Hatte er wirklich „anhauchen" gesagt? „Anhauchen lassen"? Er spürte, wie der Gedanke, das Gasthaus zu verlassen, sich ihm aufdrängte. Er wäre aufgestanden, hätten sich nicht in diesem Moment die Schwingtüren geöffnet, die das „Sälchen" vom Hauptraum abtrennten. Heraus traten einige Sänger und steuerten auf die Theke zu. Gesunde, rosige Gesichter, einige Herren mit starkem Übergewicht, bemerkte Beckerts. Dann einzelne Damen, die eher nach Alt als nach Sopran aussahen und an einem für sie reservierten Tisch Platz nahmen.

Wer von den Männern war wohl dieser Herr Tautges? Der kleine, untersetzte? Der mit der runden Brille? Oder der große, in einen irgendwie ausgewachsen wirkenden Anzug gezwängte Herr, der gerade mit dem Wirt sprach? Vielleicht aber war es doch der mit dem seltsamen Blick, wahrscheinlich basedowscher Blick, wie Beckerts rasch diagnostizierte. Bei einem anderen blieb der Oberkörper beim Gehen völlig regungslos, nur die Beine schienen sich zu bewegen, weshalb Beckerts auf Morbus Bechterew tippte. Nein, ein Heilkundiger, gar ein Wunderheiler, der musste anders aussehen, irgendwie geheimnisvoll mit einem durchdringenden Blick, so wie der Heiler in dem Film mit den Wölfen aus dem französischen Zentralmassiv. Wie hatte der Film noch mal geheißen, überlegte Beckerts, „Wolfsziegel"?

Er versuchte sich an den Film erinnern, als jemand von der Seite an seinen Tisch trat.

„Sie wollen mich sprechen?" fragte ein etwa 50jähriger Mann in brauner Cordhose und grauer Strickweste. Beckerts war etwas zusammengezuckt und sein Gegenüber schien es bemerkt zu haben. Der Mann setzte sich ohne Aufforderung an Beckerts Tisch und wartete ab.

„Ja. Ja! Ich war gerade in Gedanken. Entschuldigen Sie bitte. Ich heiße Beckerts und arbeite unten in Monschau im Krankenhaus. Man hat mir empfohlen, Ihnen zu sagen, dass ich ihre Hilfe brauche.

Aber ich möchte lieber bei der Wahrheit bleiben. Ich möchte Sie nämlich bitten, mir etwas über die Heilung des verbrühten Mädchens zu erzählen. Ich will Ihnen nichts vormachen. Ich bin sehr interessiert, etwas darüber zu erfahren, als Arzt, wissen Sie? Also, ich meine, wie so etwas, meine ich, wie so etwas möglich ist."

Erwartungsvoll sah Beckerts dem Fremden, dessen Namen er doch schon kannte, in die Augen. Dort glaubte er etwas Schelmisches, Spitzbubenhaftes zu entdecken. Doch dann veränderte sich der Blick, wurde ruhiger, nein, nicht geheimnisvoller. Beckerts wollte das Wort „geheimnisvoller" nicht zulassen.

„Haben Sie sich schon länger mit der Kunst beschäftigt?" fragte Herr Tautges.

„Womit? Mit der Kunst?" musste Beckerts zurück fragen.

„Ja, mit der Kunst. Mit dem Heilen. ‚Konst' heißt das hier bei uns."

„Ich weiß nur, was in der Krankenakte steht. Dass eine Frau dem verbrannten Mädchen die Schmerzen genommen hat", sagte Beckerts.

„Und jetzt wollen Sie von mir wissen, wie das vor sich geht."

„Ja, ich hoffe, dass Sie mir das sagen können."

„Wir dürfen aber nichts sagen, damit das nicht in

falsche Hände gerät. Da waren über die Jahre schon viele hier oben, die uns aushorchen wollten. Einer hat es vor ein paar Tagen mit Geld versucht. Aber, wissen Sie, das kann man nicht verkaufen. Wir müssen schon ganz fest stehen, fest im Glauben."

Damit endete er. Als er die Enttäuschung in Beckerts Gesicht sah, fing er erneut an:

„Es gibt zu viele Neugierige, woher soll ich wissen, ob Sie es gut meinen?"

Die Wortwahl befremdete Beckerts. „Gut meinen", mit wem? An der Theke wurde es unruhiger, die kurze Pause war zu Ende, die ersten Sänger gingen zurück in den Saal. Her Tautges erhob sich. Wollte er Beckerts einfach so zurück lassen? Einfach so wieder zu seinem Kirchenchor gehen?

„Kennen Sie den heiligen Lorenz?" fragte er schon im Gehen.

„Kennen? Wieso, was …"

„Dann lernen Sie ihn kennen", unterbrach Tautges, „ohne den geht es nicht. Den heiligen Lorenz! Haben Sie gehört? Lorenz! Mehr darf ich Ihnen nicht sagen."

Er wandte sich grußlos ab und ging auf die Schwingtür zu.

„Was hat die Frau mit dem Mädchen gemacht?" rief Beckerts ihm hinterher, als sei dies seine letzte

Chance, dem Geschehen auf die Spur zu kommen. Einige Chormitglieder, die nicht weit von Beckerts Tisch zum Saal gingen, schauten verwundert herüber.

Zu Beckerts Verwunderung machte Tautges noch einmal kehrt, bahnte sich seinen Weg durch die Entgegendrängenden, trat an seinen Tisch und sagte: „ Wenn Sie hartnäckig sind und viel Geduld haben, gehen Sie zur alten Schmidt an der Kirche. Die war ja bei dem Mädchen im Krankenhaus. Aber jetzt muss ich singen. Alles Gute!"

„Und das Anhauchen?" platzte es aus Beckerts heraus.

Mit großen Augen aber ansonsten seelenruhig, obwohl ihn die gezielte Frage doch eigentlich hätte irritieren müssen, schaute der Mann Matthias Beckerts an. Er nahm wieder Platz.

„Hören Sie mal, Herr Becker", sagte er ruhig.

Matthias Beckerts wollte ihn routinemäßig korrigieren, ließ aber davon ab.

„Sie scheinen ja doch schon etwas mehr zu wissen. Aber ich bitte Sie, nicht weiter zu bohren."

Tantum ergo sacramentum - ein weiteres „Traditional" kirchlicher Musik quetsche sich störend aus dem Saal durch die Schwingtür bis an Beckerts Tisch. *Veneremur cernui* ging es weiter.

„Die haben schon ohne mich angefangen, jetzt muss ich wirklich gehen."

„Aber warum das *Tantum Ergo*?" fragte Beckerts, „da gibt es doch nichts mehr zu üben."

„Nur zum Einsingen", sagte Herr Tautges recht schroff. Er machte keine Anstalten, zum Chor zu gehen. Offenbar wollte er noch einmal zum Thema zurück.

„Wer die Kunst verrät, der stirbt früh", sagte er dann mit Nachdruck, „lachen Sie nicht, so ist das."

Et antiquum documentum sang der Chor, während Herr Tautges etwas leiser hinzufügte: „Wir haben da ein paar Fälle gehabt, wissen Sie. Gehen Sie zu der Frau Schmidt, aber lassen Sie mich in Ruhe."

Novo ce-e-da-at ri-i-tui zog der Kirchenchor die Silben. Herr Tautges aber verschwand ohne ein weiteres Wort durch die Schwingtür.

Der Wirt schien gewartet zu haben, bis Tautges wieder beim Chor war. Vielleicht war er aber durch den Andrang während der Chorpause so überlastet, dass er erst jetzt den Tee brachte, den Beckerts bestellt hatte.

„Bitte sehr", sagte er, als er das dampfende Glas abstellte, aber Beckerts hatte den Eindruck, als ob er lieber gesagt hätte: „Tee is wat für Kranke."

„Ich hab Ihnen ja gesagt, lassen se de Finger davon", sagte er dann unvermittelt, als habe er das Gespräch mitgehört.

„Ich verstehe es einfach nicht", setzte Beckerts an.

„Junger Mann, wir verstehen so vieles nicht."

Wie zum Trotz fragte Beckerts den Wirt, ob er denn zu Frau Schmidt gehen solle. So harmlos die Frage, war, sie schien den Wirt zu treffen wie ein Geschoß. Er blieb stehen und brauchte eine Weile, bis er sich wieder gefangen hatte.

„Dat haben Sie aber nicht von mir", sagte er dann, offenbar ein ganzes Stück weit von seiner üblichen Lockerheit entfernt, „hören Sie? Dat habe nicht ich Ihnen gesagt. Ich will da nichts mit zu tun haben."

Ky-hy-ri-hi-eeh eleison, Ky-rie-ee eleison. Beckerts beugte sich nach links, um seine Brieftasche aus der Daunenjacke zu holen, die er über einen freien Stuhl gehängt hatte. Dabei berührte er sein Handy. Er holte es hervor und stellte fest, dass der Akku leer war. Und wenn im Krankenhaus ein Notfall war? Schnell ging er zur Theke, bat den Wirt um sein Telefon und rief das Krankenhaus an. „Nein, keine Sorge, wir brauchen Sie nicht."

V

Der geistige Berater

„…da durch den Äther sie nahen…"

Beckerts wachte auf, erhob sich sofort und schloss das Fenster. Er liebte es, auch bei Frost bei geöffnetem Fenster zu schlafen. Doch jetzt drehte er die Heizung auf. Vor seinem Fenster ragte der Turm von Mariä Geburt aus den Dächern der Stadt hervor. Kein Schnee, aber kalt, Monschau am Neujahrsmorgen. Samstag. Beckerts versuchte, seine Gedanken zu ordnen. Was war gestern? Dienst. Vorgestern? Dienst. Und am Mittwoch? Die Sache mit dem Kirchenchor in Kalterherberg.

Zurück ins Bett. Matthias Beckerts brauchte seinen Arm nur ein wenig aus der Wärme des Bettes herauszustrecken, um sein Smartphone zu betätigen, das an eine kleine Musikanlage gekoppelt war. So war die Musik, die er hören wollte, für ihn sozusagen im Schlaf erreichbar. Er hatte es sich zur Gewohnheit gemacht, schon am Abend das Musikstück auszuwählen, mit dem er sich in den neuen Tag einstimmen lassen wollte. Obwohl es nicht die Musik seiner Jugendzeit war, liebte er die Musik der 60er Jahre, Rock, Blues, Pop. Nicht nur die Beatles und die Rolling Stones hörte er immer wieder, sondern auch die Kinks, die Small Faces, Eric Burdon und sogar die Pretty Things, von denen die meisten seiner Altersgenossen noch nie etwas gehört hatten. Für heute hatte er allerdings ein Stück von Pink Floyd ausgewählt, ein ruhiges, akustisches Stück von „Ummagumma". Danach wechselte er aus einer Laune heraus zu Soul, zu Sam&Dave und hörte mit Begeisterung das Stück „Soul Man". Warum, dachte er, sollte ein an alten Sprachen interessierter Arzt nicht auch Soul-Musik hören? Es reizte ihn, Welten, die scheinbar extrem gegensätzlich waren, zusammen zu führen.

Der vertraute Rhythmus, die unprätentiösen Gitarrenklänge, die schwarzen Stimmen, all das stimmte Beckerts an diesem kalten Januarmorgen fröhlich. I'm a soul man. Seine Gedanken zogen ihn fort, nach Amerika, zur Catholic University of Dallas in Irving, Texas, wo man ihn aus einem Gottesdienst heraus geholt hatte, weil der Präsident der Universität, ein Mr. Cowan, ihn, „den Deutschen", sehen wollte.

Dann dachte er an Monasterace Marina in Kalabrien, wo er im Haus eines Lastwagenfahrers, der ihn per Anhalter mitgenommen hatte, einige Tage leben durfte. Der Lastwagenfahrer hatte Beckerts seine älteste Tochter zur Heirat angeboten.

Verrückte Geschichte. I'm a soul man, Pah-ba-ba-bá-ba-ba-bám. Er dachte an die Tremiti-Inseln in der Adria, die er auf der Yacht eines Herrn Thumfort aus Graz, den er im Hafen von Brindisi kennen gelernt hatte, angesteuert hatte. Dann Puigcerda, nicht weit von Andorra, ein spanischer Wintersportort. Hatte er dort nicht zum ersten Mal das Gefühl der Leere, der geistigen Freiheit gehabt oder besser: empfangen! Dann Ciudad Juarez in Mexiko gegenüber von El Paso, wo sich Frauen anboten, wo er einen Wirbelsturm erlebte, wo er kotzen musste, weil er zu viel Tequila probiert hatte …

Erst gegen Mittag wachte er wieder auf. Benommen, schlaftrunken. Er sah, dass sein Handy angeschaltet war und erinnerte sich: Neujahrsmorgen, Soul Man.

Ich bin ein Träumer, sagte er sich. Beckerts verspürte Hunger und ging in seine Kochnische, machte sich zwei Marmeladenbrote, ganz langsam, so dass in der Zwischenzeit der Kaffee durch die Maschine laufen konnte und er mit einmaligem Aufstehen das komplette Frühstück ans Bett stellen konnte.

Er aß im Bett, hastig, „ohne Kultur", wie Schwester Marlies zu sagen pflegte, wenn er sich mal wieder ins Schwesternzimmer geschlichen hatte, um aus dem Kühlschrank Salamischeiben zu stehlen oder ein Stück Camenbert ins sich hineinstopfte, das offenbar schon so lange in dem Kühlschrank gelegen hatte, dass niemand es mehr essen wollte.

Beckerts trank seinen Kaffee und blätterte im SPIEGEL, in der Ausgabe von Anfang Dezember. Wieder einmal war er nicht mit dem Lesen nachgekommen. Wieder lagen zwei, drei Ausgaben kaum durchgeblättert übereinander.

Die schreiben einfach zu ausführlich, sagte er sich, alles viel zu viel. Allerdings hielt er es auch für einen Vorteil, sozusagen einen Monat im Leserückstand zu sein. Denn die aktuellen Aufgeregtheiten in den alten Ausgaben, die ja mal ein „Jetzt" beschrieben hatten, wurden so zum „Gestern", konnten ruhig überschlagen werden. Was wirklich von Bedeutung ist, davon war er überzeugt, das ist auch noch nach einem Monat von Bedeutung. Artikel, die auch nach drei oder vier Wochen noch Kraft besaßen, liebte Beckerts.

Sollte er einen Artikel über den Zustand des deutschen Bildungswesens lesen? Nein, dergleichen schien ihm in einem regelmäßigen Turnus wiederzukehren. Auch ein Bericht über die Vor- und Nachteile der neuen Modelle von Mercedes-Benz schien ihm der Lesemühe nicht wert. Aber was sollte er lesen, um „dranzubleiben", wie Dr. Wiesenhütter sich auszudrücken pflegte? Das SPIEGEL-Abo hatte er seinen Eltern zu verdanken und so las er auch ein wenig aus Pflichtgefühl einen Artikel über Psychiatrie in den USA, nicht ohne seine Konzentrationsfähigkeit mit einem kräftigen Koffeinschub anzuschieben.

Das Telefon klingelte. Michael war am Apparat, sein alter Schulfreund Michael Ganser. „Klar, ich bin heute Abend hier, nein, ich habe keinen Dienst, ich freue mich, wenn du kommst. Schnee? Nein, die Straßen sind längst geräumt, kein Problem. Dann bis heute Abend." Beckerts wollte schon auflegen, da fiel ihm ein, dass er seinen alten Freund um einen Gefallen bitten könnte. „Moment!" sagte er, „du kennst dich doch da aus, sieh doch mal in deinen frommen Büchern nach, was du über den heiligen Lorenz findest."

Die Reaktion war ihm schon vorher klar: „Der heilige Lorenz?" fragte sein Freund Michael, „was willst du denn mit dem? Schau doch einfach ins Internet! "

„Ach, da ist eine merkwürdige Geschichte hier im Krankenhaus passiert, erzähle ich dir heute Abend, ist eine komplizierte Geschichte, es geht mehr so um die Rolle des heiligen Lorenz im Volksglauben oder im Volks-Aberglauben!"

Michael Ganser war katholischer Pfarrer, leitete seit Jahren die Pfarrei St. Bruno in Köln. Die ganze Schulzeit über hatte Beckerts neben ihm gesessen, mit ihm gelitten und gelacht. „Priester, katholischer Priester" hatte Michael Ganser in der Klasse 8 als Berufswunsch angegeben. Der Deutschlehrer, Herr Untermann, der an der Schule selbst bei Kollegen nur „die Pläät" hieß, hatte darauf mit einem deutlich sarkastischen Unterton „na ja" gesagt. Oberstudienrat Untermann, Beckerts sah ihn genau vor sich, hatte nie einen Hehl daraus gemacht, dass er Atheist war. Jede Form „religiöser Indoktrination", wie er den Religionsunterricht zu nennen pflegte, war ihm zuwider. Und so hatte es auch niemand gewundert, als Untermann zu Ganser gesagt hatte: „Mensch Ganser, du Idiot, lern doch was Anständiges!"

Auch für Beckerts war der Berufswunsch seines Banknachbarn damals überraschend gekommen. Michael Ganser war nie besonders fromm gewesen. Wohl Messdiener wie auch Beckerts selbst, aber ein Messdiener der Kölschen Art, Zeremonienmeister des Frohsinns, der nicht einmal im Karfreitagsgottesdienst ernst bleiben konnte, sondern bei den großen Fürbitten deutlich hörbar vor sich hingekichert hatte, weil ihm irgend eine Stelle ungeheuer komisch vorgekommen war.

Ganser also war tatsächlich katholischer Priester geworden, Beckerts war bei seiner Primiz eingeladen gewesen. Sie hatten einander im Auge behalten, besuchten sich, wenn auch unregelmäßig, so doch mindestens zwei bis dreimal im Jahr.

Am Abend brauchte Beckerts nicht auf seinen Freund zu warten. Punkt acht Uhr klingelte es an seiner Tür. Gansers übertriebene Pünktlichkeit, so kam es Beckerts vor, hatte etwas Manisches. Wenn keine genaue Uhrzeit ausgemacht war, kam Ganser trotzdem genau zur vollen Stunde. Es war in all den Jahren nicht vorgekommen, dass sein Freund fünf Minuten vor oder nach einer vollen Stunde eingetroffen war, für Beckerts blieb es stets ein Rätsel, wie Ganser das schaffte. Er vermutete, dass er minutenlang vor der Tür stehen blieb und auf den Gongschlag wartete. War das nun angenehm, höflich - oder doch zwanghaft, neurotisch?

„Michael. Schön dass du da bist!"

„Hallo Matthias. Du siehst müde aus, alter Junge. Aber bevor ich es vergesse: Frohes Neues Jahr!"

„Dir auch, komm durch."

Michael Ganser setzte sich ohne Aufforderung und Beckerts machte Tee, wie immer.

Wie geht's deinen Eltern? Was machen deine Schäfchen? Krankenhaus, alles klar? Viel Dienst? Sie plauderten eine Weile, dann war der Tee fertig und Beckerts überlegte, wie er die Ereignisse der vergangenen Woche knapp und mit einer gewissen professionellen Distanz schildern konnte. Ganser ließ ihm keine Gelegenheit.

„Der Schnee ist weg, hast du gesagt, aber nur bis hinter Wollersheim hat es geregnet, bei Nideggen lag schon eine leichte Schneedecke, hoch nach Schmidt konnte ich nur im Schneckentempo, da lagen schon ein paar Zentimeter."

59

„Hier oben schneit es halt manchmal plötzlich", sagte Beckerts gelangweilt. Ihm fiel auf, dass Ganser immer noch schlank war, erstaunlich schlank, denn nach seiner Theorie wurden alle Priester mangels anderer fleischlicher Genüsse früher oder später übergewichtig.

„Ja, wirklich, du lebst hier schon in einem besonderen Fleckchen Erde, Matthias. Wenn man so von oben nach Monschau hinein fährt, könnte man meinen, man kommt in eine andere Welt. Doch, ist schon schön hier bei euch."

„So ganz ohne Probleme geht es hier aber auch nicht ab", sagte Beckerts, um sanft zum Thema zu lenken. Aber Ganser, der für diesen Besuch mit schwarzen Jeans und einem hellgrauen Pullover, an dem ein kleines silbernes Kreuz angebracht war, offenbar eine sehr legere Variante seiner Dienstkleidung als Priester gewählt hatte, brauchte offenbar jemanden, dem er sein Leid klagen konnte.

„Glaubst du, Köln wäre eine Insel der Seligen? Meine ‚Schäfchen' von St. Bruno bei der Stange zu halten, das ist schon ein schwieriges Geschäft. Der eine will eine feierliche Messe, am besten auf Latein mit Sphärenklängen, der andere liegt mir ständig in den Ohren, die Kirche müsste sich mehr engagieren, für die Armen, für die Dritte Welt und so. Und die Jugend, die bleibt weg, ich habe allmählich das Gefühl, da ist es ganz egal, was ich predige, die jungen Leute kommen nicht. Ein paar zum Jugendgottesdienst, auch die Messdienerfahrten, die ziehen noch, aber dann …"

„Die jungen Leute finden halt anderswo was Besseres", sagte Beckerts, um seinen Freund aus der Reserve zu locken, „Sport, Computer, zusammen sitzen und saufen, du weißt doch, wie das ist."

„Für die meisten ist Gott gestorben, Matthias. Oder er dämmert irgendwo vor sich hin und lässt ab und zu mal die Sonne scheinen. In letzter Zeit denke ich manchmal, dass man es den Jugendlichen nicht verdenken kann, wenn sie wegbleiben. Bei uns in der Kirche müssen sie eine ganze Stunde ruhig sitzen oder stehen, viel zuhören, ein bisschen singen, Gebete sprechen. In der Schule geht es anders zu, da werden sie zum Nabel der Welt hochgejubelt, da sollen sie immer reden, sich artikulieren, ihre Meinung zu diesem und jenem sagen. Was hältst du von Pestiziden? Was hältst du von der Braunkohleverstromung, von der Gentechnik oder der Rettung von Flüchtlingen im Mittelmeer. Mein Gott, traut sich denn kein Lehrer mehr, denen erst mal um die Ohren zu hauen, was andere, klügere Leute gedacht und geschrieben haben?"

„Tja", meinte Beckerts, der keine Ahnung hatte, da er seit seinem Abitur keine Schule mehr von innen gesehen hatte, „uns hat damals niemand nach unsere Befindlichkeit gefragt. Stell dir vor, der Reck hätte uns in Philosophie nach unserer Meinung zu Pascal oder Kirkegaard gefragt. Alles heiße Luft."

„Ja, siehst du, die jungen Leute im Religionsunterricht sind voll von heißer Luft. Wortfetzen, Gedankenfetzen, hier und da zum Glück auch mal was Anständiges gehört in der Schule. Pascal in Philosophie? Nie gehört, sagt der eine, Philosophie habe ich abgewählt, sagt der andere, ich habe Pädagogik. Pädagogik, soll ich dir sagen, was ich vom Fach Pädagogik halte? Alles heiße Luft, wie du es nennst."

„Aber offenbar", sagte Beckerts, der keine besondere Lust auf dergleichen Grundsatzdiskussionen hatte, „ist die heiße Luft halt attraktiver als ihr mit eurer Kirche und eurem kölschen Katholizismus."

„Du meinst, ich soll umsatteln? Einen Kurs in ‚Atem ist Leben' geben, ein Wochenende ‚Begegnung mit dem Unbegreiflichen' anbieten oder besser noch eine Einführung in die ‚Die Kraft der Wicca-Magie', verteilt auf vier Abende? So was zieht! Du hast doch heute Mittag am Telefon auch von so einer seltsamen Geschichte gesprochen, die im Krankenhaus passiert ist."

Jetzt war es nicht mehr aufzuhalten. Beckerts musste heraus mit der Sprache. Hatte er noch vor wenigen Minuten überlegt, ob es nicht besser sei, das Thema für diesmal auszusparen, so war es jetzt auf dem Tisch.

„Ja", begann Beckerts zögernd, „es ist tatsächlich eine ganz merkwürdige Geschichte, die mich sehr beschäftigt hat die ganze Zeit." Er trank an seinem Tee, dann fuhr er fort: Es gibt hier in der Gegend Heilkundige, die ganz ungewöhnliche Methoden haben."

„Heilpraktiker? Oder Leute, die behaupten, sie würden mit magischen Kräften heilen?"

„Ich bin mir überhaupt nicht sicher. Jedenfalls hat es eine Heilung gegeben und keiner weiß so recht, wie das möglich gewesen ist. Am besten erzähle ich dir kurz, was los war."

Beckerts spielte ein wenig mit seiner Teetasse und fing an: „Ein Mädchen mit schweren Verbrennungen ist bei uns eingeliefert worden. Der diensthabende Arzt hat gemacht, was man in solchen Fällen halt macht: Abkühlung, Dipidolor, Hautblasenabtragung. Na ja, das Kind war nicht ruhig zu stellen. Deshalb musste ein Anästhesist eine Narkose geben, mit Ketanest, aber das spielt eigentlich keine Rolle. Die Wirkung von dem Ketanest hat jedenfalls bald nachgelassen und das Mädchen hat erbärmlich geschrieen. Die Eltern haben eine alte Frau, also so etwas wie eine Wunderheilerin eben, holen lassen, weil sie sich das Jammern ihrer Tochter nicht länger anhören konnten. Und jetzt pass auf, Michael! Die Alte hat dem Kind Linderung verschafft, und zwar, wie es heißt, ohne das Kind zu berühren oder ihm etwas zu geben.

Sie soll nur mit dem Kind gesprochen haben. Diese Frau Schmidt …"

Beckerts unterbrach seine Schilderung, weil er sah, dass sein Freund lächelte.

„Warum lachst du?" wollte er wissen.

„Nur wegen des Namens", sagte Ganser.

„Versteh ich nicht. Hast du geglaubt, die Frau heiße Cassandra oder Plutonia? Mensch Michael, ist doch völlig unwichtig, ich will einfach wissen, was die mit dem Kind gemacht hat. Wie so was möglich ist."

„Warst du denn in der Nähe, als die Frau das Kind behandelt hat?"

„Nein, ich weiß das alles nur aus der Krankenakte. Und natürlich durch das Gerede im Krankenhaus. Der Chef ist unter die Decke gegangen, als er davon erfahren hat. Er hat den Kollegen, der der Zeitung davon erzählt hat, vor allen zur Schnecke gemacht."

„Was hat das Kind selbst erzählt?" fragte Ganser, „es muss ja wohl am besten wissen, was mit ihm geschehen ist."

„Das Mädchen kann nichts mitbekommen haben. Dem Krankenbericht nach war es in einem Zustand, den man wohl als Umnachtung bezeichnen könnte. Am nächsten Tag war die Kleine ansprechbar, sie war völlig schmerzfrei, die Haut nur noch stark gerötet.

Das ist unmöglich, Michael, verstehst du. Stark gerötet wie nach einem zu heißen Bad. Dabei war die Haut nach der ersten Behandlung in der Ambulanz durch die Blasenbildung und die Abtragung dieser Blasen deutlich geschädigt, man könnte auch sagen, die Haut war zerstört oder zerfetzt!"

„Verrückte Geschichte", sagte Ganser.

Matthias Beckerts war enttäuscht von dieser platten Reaktion seines Freundes, aber er sah ein, dass er selbst durch seine Erkundigungen schon ein gutes Stück weiter war, als es Ganser nach seiner knappen Schilderung sein konnte.

Nachdem er Tee nachgeschenkt hatte, berichtete Beckerts über seine Fahrten nach Kalterherberg, seinen Grenzspaziergang, über den Wirt und den Mann aus dem Kirchenchor.

„Und dann ist mir aufgefallen, dass es außer mir noch jemand geben muss, der diesen Dingen nachspürt. Die Schwester, die mir die Krankenakte aus dem Register herausgesucht hat, hat so etwas angedeutet. Und dieser Tautges hat von einem gesprochen, der ihm erst vor ein paar Tagen Geld geboten hatte, um etwas rauszukriegen."

„Meinst du, das war ein Kollege aus deinem Krankenhaus? Hast du eine Ahnung, wer das sein könnte?"

„Nein. Du weißt doch, einfach so plump danach zu fragen, das liegt mir nicht. Aber irgendwie werde ich es aus Schwester Brigitte schon heraus kriegen."

„Du hast mich am Telefon gebeten, was über den heiligen Lorenz oder Laurentius, wie er eigentlich heißt, herauszufinden", sagte Ganser, „ich nehme mal an, dass der heilige Lorenz irgendwas mit der Heilung des Mädchens zu tun hat. Mit Feuer und Verbrennung hat der heilige Lorenz ja einige Erfahrungen machen müssen."

„Mit Heilung? Hat dieser Lorenz Menschen geheilt?"

„Langsam, langsam. Wer hat dich denn auf den heiligen Laurentius gebracht?"

„Dieser Tautges aus dem Kirchenchor. Als er mit mir in der Chorpause gesprochen hat, hat er angedeutet, der heilige Lorenz habe etwas mit dieser mysteriösen Heilerei zu tun."

„Ich halte von dem Ganzen nicht viel", sagte Ganser, „du musst nicht meinen, nur weil ich Priester bin und weil in der Bibel diverse Wunderheilungen vorkommen, wäre ich nicht skeptisch, was solche Vorkommnisse betrifft. Vielleicht beeinflussen deine ‚Heiler' ihre Patienten über die Psyche. Es soll ja auch Fakire geben, die den Schmerz durch Konzentration oder sonstwie abschalten. Oder Leute, die durchs Feuer laufen, das kann man heutzutage ja sogar in einem Wochenendkurs lernen."

Nach einer kleinen Pause fuhr Ganser fort:

„Der heilige Laurentius jedenfalls hat, um auf deine Frage zurück zu kommen, mit dem Wunderglauben des Volkes wenig zu tun. Da habe ich nichts gefunden. Natürlich ist er auch für ein paar Krankheiten zuständig: Für die Pest, für Augenkrankheiten, Hexenschuss und Fieber, unter anderem auch für Hautkrankheiten und Brandwunden, aber dafür ist auch noch eine Reihe von anderen Heiligen zuständig, das ist also jetzt gar nicht so spezifisch."

„Aber Moment mal", sagte Beckerts, „so einfach kannst du es dir nicht machen. Ein wenig habe ich auch im Internet nachgelesen und was die Heiligenlegende über Laurentius erzählt, das finde ich schon bezeichnend, außerdem steht da was von einem Volksbrauch, dem Laurentiussegen, der gegen Feuersbrunst helfen soll."

„Dass er vom römischen Stadtpräfekten eines Tages festgenommen und wegen seines Glaubens gemartert worden ist? Meinst du das?"

Beckerts nickte und trank seinen lauwarmen Tee aus.

„Klar, der Präfekt hat den Laurentius nackt auf einen glühenden Rost werfen lassen. Dort soll er ohne Anzeichen von Schmerz gelegen haben, während seine Haut verbrannt ist. Dann soll er voller Spott dem Präfekten zugerufen haben: Dreh mich um, Präfekt, denn die eine Seite ist schon gut angebraten!"

„Genau", sagte Beckerts.

„Aber hör mal", erwiderte sein alter Schulfreund, „das ist doch eine Legende aus der Mitte des dritten Jahrhunderts. Jetzt tu mal nicht so, als ob du nicht wüsstest, was man von solchen frommen Geschichten zu halten hat."

„Und der Laurentiussegen?"

„Ach der", meinte Ganser, „ein Volksaberglaube, hat es hier und da mal gegeben, aber das ist doch ewig her."

Beckerts wurde das Gefühl nicht los, dass seinem Freund das ganze Thema eher peinlich war.

VI

Der Träumer

„…die seinen Namen erhalten…"

Die Tage vergingen rasch, und wenn Matthias Beckerts seinen Dienst machte und mit den Kranken umging, dann dachte er öfters als sonst über seinen Beruf nach. Immer schon war er der Überzeugung gewesen, dass der Arzt mit seinen Medikamenten und Apparaturen zwar erstaunliche vorweisbare Erfolge erzielen konnte, dass er damit aber nur eine Seite des Menschen erfassen konnte. Vielleicht die unwesentlichere Seite, ging ihm manchmal durch den Kopf. Diese Frau Schmidt, die aufzusuchen er sich fest für seinen nächsten freien Tag vorgenommen hatte, und der unscheinbare Herr Tautges beschäftigten ihn mehr, als ihm lieb war. Sollten diese Menschen wirklich in der Lage sein, die verborgene, sozusagen dem Arzt abgewandte Seite des Menschen zu erfassen, ohne Hilfsmittel? Würde dies nicht bedeuten, …

Auf dem Flur lief ihm Schwester Brigitte über den Weg. „Entschuldigen Sie", fing Beckerts an und er merkte, dass seine Stimme etwas zu schüchtern klang, „entschuldigen Sie, ich möchte Sie etwas fragen." Es fiel ihm schwer, in etwas einzudringen, wovon er unter normalen Umständen gedacht hätte, dass es nicht seine Sache sei. Er strich sich durchs Haar, fingerte an seinem Stethoskop herum, als wolle er es wie ein belastendes Beweisstück unauffällig in der Tasche seines Arztkittels verschwinden lassen. Aber Beckerts war sich dessen bewusst, dass er sich durch seine Erkundigungen schon über die Schwelle seiner sonstigen Zurückhaltung vorgewagt hatte. Er steckte mitten in den Nachforschungen, doch jetzt, wo offensichtlich noch ein Interessent dazu gekommen war, ein Kollege gar, nahm der Fall eine neue Dimension an. Beckerts bemerkte, dass seine Recherchen durch die Befragung von Schwester Brigitte kriminalistische Züge bekamen.

„Schwester Brigitte, Sie erinnern sich vielleicht noch an die kleine Susanne Hofmann, die mit den Verbrennungen."

„Klar, die, von der Sie und Dr. Hattingberg den Krankenbericht noch einmal einsehen wollten."

Beckerts schluckte. So einfach hatte er sich seine Fahndung nicht vorgestellt. Nun blieb ihm keine Zeit, sich zu wundern, dass es ausgerechnet Hattingberg war, denn das Gespräch mit Schwester Brigitte musste zu einem halbwegs befriedigenden Ende geführt werden.

„Hatten Sie eigentlich Dienst, als das Mädchen eingeliefert wurde?"

„Nein, warten Sie mal, das war doch die Inge, glaub ich, soll ich mal nachsehen?"

„Nein, nein, danke", erwiderte Beckerts und hoffte, dass er sich einigermaßen aus der Affäre gezogen hatte. Der Schlauch seines Stethoskops lugte nun wieder aus seiner Kitteltasche.

Hört, hört! Hattingberg! Beckerts konnte es nicht fassen. Dr. Alfred Hattingberg, diese unscheinbare, immer etwas verschlossene, wortkarge Mann. Immerhin war er Oberarzt, ein geachteter, zurückhaltender Arzt, der, wenn Beckerts sich nicht täuschte, weder Freunde noch Feinde unter den Kollegen hatte. Aber was wusste Beckerts schon über ihn?

Er machte seine Runde durch die Station. Er war zerstreuter als sonst. Fast teilnahmslos sah er sich Fieberkurven an, maß den Blutdruck, erkundigte sich unverbindlich und fast schon unfreundlich nach dem Befinden seiner Patienten und reagierte nicht einmal, als ihm der fröhliche Herr Scheidt - Magenbluten - kundtat, dass sein Stuhl wieder normale Konsistenz hatte.

Der Patient auf Zimmer 51 schlief und murmelte kaum verständliche Worte. „Gefährlich" verstand

Beckerts und „nein, nein, nein, ich bin doch viel zu jung". Und dann: „Feuer, pass auf!" Beckerts räusperte sich, der noch recht junge Mann schien keine Notiz davon zu nehmen.

„Zu jung …. Feuer … Mutter, das weiße Licht … viel zu heiß", stammelte der Patient. Sollte Beckerts ihn wecken? Den armen Kerl aus seinem Traum reißen? Nein, Beckerts ging auf die Tür zu und wollte ihn schlafen lassen, Schlaf wird ihm gut tun, dachte er. In der Tür hörte er, wie der Patient laut rief: „Dr. Beckerts, Feuer! Beckerts hat sich verbrannt, Herz und Hand."

Schnell wandte sich Beckerts um, ging auf das Bett zu und packte den Schlafenden an der Schulter.

„Was reden Sie da", fuhr er ihn an und rüttelte ihn kräftig, „los, was reden Sie da für ein Zeug?"

Schlaftrunken blinzelte der Patient Beckerts an.

„Was? Ich? Reden? Wieso?"

Beckerts packte ihn noch fester und warf ihn auf das Kissen zurück:

„Was Sie da stammeln, will ich wissen!"

„Aber ich", gab der Mann zurück, „ich weiß nicht, was Sie meinen, Herr Doktor."

Mit rotem Kopf ließ Beckerts von ihm ab und verließ fluchtartig das Krankenzimmer.

Die Zeit bis zum Ende seines Dienstes war Matthias Beckerts seit langem nicht mehr so zäh vorgekommen „Beckerts hat sich verbrannt, Herz und Hand." Dieser Satz hatte ihn den ganzen Tag beschäftigt, hatte sich durch alle Tätigkeiten durchgezogen. Selbst als er mit dem Labor telefonierte, um Untersuchungsergebnisse zu erfragen, die über Leid und Freud, ja über Leben und Tod entscheiden konnten, hatte er die Werte teilnahmslos zur Kenntnis genommen. Sonst hatte er mitgefiebert, gehofft und gebetet, dass es gutartige Tumore waren, dass die Gewebeproben „in Ordnung" waren, wie dann dem Patienten mitgeteilt wurde. Aber heute fiel ihm das Denken und Fühlen schwer.

In seiner Wohnung verkroch er sich schon um acht Uhr ins Bett und versuchte einzuschlafen. Stunden vergingen und Beckerts lag noch da, ohne dass sich Anzeichen von Müdigkeit einstellten. Ich werde die Sache mit diesen Heilern auf sich beruhen lassen, dachte er, beiseite schieben, verdrängen. Er fasste den Entschluss, keine weiteren Nachforschungen über die „Kunst" mehr anzustellen. Er musste wieder Ruhe finden.

Doch die Folge seiner peinigenden Gedanken während der Stunden, in denen er versucht hatte, einzuschlafen, war ein sehr intensiver Traum. Ein Feuer erschien. Er sah ein Pferd, eine Rüstung, vielleicht einen Ritter, einen roten Mantel. Dann ein

riesiges Feuer. Um fünf Uhr wachte er schweißüber-
strömt auf und konnte nicht mehr einschlafen.

VII

Das Leben

„…beginnt, sich des kühnen Fluges zu freuen…"

Monate waren vergangen. Matthias Beckerts hatte nur gelegentlich noch den Wunsch verspürt, dem Geheimnis um die „Kunst" weiter nachzugehen. Zu sehr war er von seiner Arbeit eingenommen, die ihn mehr als in den Jahren zuvor beschäftigte. Er spürte, obwohl er die Fährte verloren zu haben schien, ja sie absichtlich aus den Augen gelassen hatte, dass die Sache ihn und sein Verhältnis zu seinem Beruf verändert hatte. Ohne dass er so recht wusste, warum, so schien es ihm doch, als ob er generell psychisch stabiler geworden sei. Seine Stimmungen wiesen nicht mehr diese Schwankungen auf, die ihn oft so depressiv gemacht hatten, dass er zerknirscht in seiner Wohnung gesessen war und nicht einmal an seiner Musik Freude gefunden hatte.

Beckerts versuchte, wacher zu leben, die Vorgänge um ihn herum mit größerer Aufmerksamkeit zu beobachten und, was ihn selbst überraschte, ihm gelang es, sich den Kollegen, dem Pflegepersonal und vor allem den Patienten mehr zuzuwenden. Selbst in dem Haus, in dem er wohnte und in dem er bislang den Kontakt zu seinen Mitbewohnern gemieden hatte, grüßte er freundlich und wurde gegrüßt.

War es Ursache oder Wirkung? Er wusste es nicht, aber er hatte sich mit der Tochter des Hausbesitzers, die übers Wochenende aus Aachen, wo sie Maschinenbau studierte, nach Hause kam, angefreundet und sie mehrmals zu sich eingeladen. Angela, so schien es Beckerts, mochte ihn auch, störte sich nicht an seiner ruhigen, nachdenklichen, ja manchmal etwas schwerfälligen Art.

Dass er sich offenkundig verliebt hatte, hatte Beckerts selbst gewundert. Er hatte schon fast den Glauben daran verloren, sich noch verlieben zu können. Seine letzte Beziehung lag schließlich schon eine ganze Weile zurück. Sein Verhältnis zu Angela hatte von Anfang an etwas Unkompliziertes gehabt und Beckerts war, wenn sie sich trafen, für seine Verhältnisse erstaunlich locker.

Drei Monate kannten sie sich jetzt schon, was bei der Begrenztheit der Möglichkeiten nicht sehr viel war. Angela kam ja nur an den Wochenenden nach Monschau, und wenn er Wochenenddienst hatte, von Samstagmorgen bis Sonntagabend im Krankenhaus war, fuhr er manchmal mitten in der Woche für ein paar Stunden nach Aachen.

Matthias Beckerts war verliebt, kein Zweifel, er weigerte sich jedoch beharrlich, in seiner Beziehung zu Angela mehr zu sehen als eine für beide Seiten angenehme besondere Freundschaft. Wenn er darüber nachdachte, dass er mehr als zehn Jahre älter war als sie, keimten Skrupel in ihm auf.

Nicht dass Angela körperlich nicht attraktiv für ihn gewesen wäre, jung, schlank, vielleicht etwas zu schlank und zu groß war sie, nein, daran lag es nicht, dass ihr körperlicher Kontakt sich während der drei Monate auf den einen oder anderen Kuss auf die Stirn zum Abschied beschränkt hatte. Beckerts war auch nicht zu schüchtern, sondern auf der Hut, hatten doch die beiden letzten Frauen, zu denen er eine Beziehung hatte aufbauen wollen, ihm am Ende vorgeworfen, er sei nur auf Sex aus gewesen.

Beckerts versuchte also, sich ganz einfach daran zu erfreuen, dass er eine Gesprächspartnerin gefunden hatte, eine attraktive junge Frau, die ihn offenbar sehr mochte und ebenso viel Geduld zu haben schien wie er selbst. Die Vorfälle um die „Konst" hatte er nicht vergessen, aber sie waren doch sehr in den Hintergrund gerückt. Doch eines sonntags Anfang Oktober klingelte es kurz nach Mittag an seiner Wohnungstür. Es war Angela.

„Du, ich wollte gerne etwas rausgehen, gehst du mit?" fragte sie ihn. Beckerts hatte nichts dagegen, im Gegenteil, er hatte Lust, einen längeren Spaziergang zu machen. Angela sah ihm dabei zu, wie er seine Wanderschuhe anzog und sagte:

„Kennst du die Strecke nach Kalterherberg, also die Strecke durch den Wald, meine ich."

Kalterherberg, ausgerechnet, dachte Beckerts, wollte sich aber nichts anmerken lassen, weil er mit Angela nie über den Vorfall mit dem Mädchen und seine Nachforschungen in Kalterherberg gesprochen hatte. Einerseits hatte er Angela nicht beunruhigen oder mit seinen Problemen belästigen wollen, anderrerseits war er auch froh, dass ihm seine Beziehung zu Angela geholfen hatte, die ganze Sache in den Hintergrund zu drängen.

„Nein, die Strecke kenne ich noch nicht", gab er zur Antwort, „aber wenn du den Weg kennst, dann lasse ich mich gerne führen."

Sie machten sich auf den Weg. Die Sonne strahlte und tauchte die Dächer von Monschau und die bewaldeten Höhen, die die Stadt einzuschließen schienen, in ein warmes Licht. In den Straßen sah man die Autos der Sonntagstouristen mit auswärtigen Kennzeichen. Die Parkplätze waren überfüllt und verzweifelte Familienväter lenkten ihre Fahrzeuge durch die engen Straßen.

Unmittelbar hinter der alten Drogerie nahmen Angela und Beckerts einen kleinen Weg, der schon nach wenigen Metern sanften Anstiegs in den Wald führte.

„Hier ist es ruhiger", bemerkte Angela.

„Ja, merkwürdig, so nahe bei der Stadt und keine Menschenseele zu sehen."

„Sei doch froh, dass wir alleine sind." Matthias Beckerts stapfte neben Angela auf dem harten Untergrund des Waldwegs. Die Sonne war durch das Laub der Bäume als glitzerndes, scheinbar hin- und her springendes Gelb zu sehen, das sein Spiel mit den beiden Wanderern zu treiben schien.

Sie sprachen über Aachen, dann über Angelas Studium, darüber, was sie noch alles machen musste, um im nächsten Sommer ihr Examen bestehen zu können.

„Ach, ich habe das Gefühl", sagte Angela, „Frauen haben es einfach schwerer. Im Maschinenbau sieht man ja nur ab und zu mal eine Frau und ich werde einfach das Gefühl nicht los, dass einige Professoren uns einfach nicht ernst nehmen. Da kannst du arbeiten, so viel du willst, den besseren Examensschnitt machen doch die Jungs."

Beckerts erzählte, wie es zu seiner Zeit im Fach Medizin gewesen war, und als der Weg so steil wurde, dass sie außer Atem kamen, gingen sie schweigend bergan.

Gegen drei Uhr erreichten sie die ersten Häuser von Kalterherberg. Die Abstände zwischen den Fachwerkhäusern wurden geringer, als sie die Hauptstraße erreichten.

Was jetzt? Beckerts ahnte, dass Angela ins Hotel Hirsch wollte, um einen Kaffee zu trinken. Alles in ihm aber sträubte sich dagegen, den Wirt wieder zu treffen.

Doch er hatte keine Wahl. Als das Hotel in Sicht kam, wollte Angela, wie erwartet, dort eine Pause machen. Beckerts fand in der Gaststube noch alles so vor, wie er es im Winter gesehen hatte. Nur kühl war es im Raum, da nicht geheizt war, obwohl die Außentemperatur an diesem Oktobertag keineswegs hoch genug war.

Wieder war in unmittelbarer Nähe des Ofens ein Tisch frei. Angela war sofort zur Toilette gegangen. Der Wirt stand hinter der Theke und schaute Beckerts freundlich an. Oder grinste er nicht vielmehr? Beckerts schaute zum Fenster heraus und tat, als habe er das Grinsen nicht bemerkt.

Kurz darauf kam Angela zurück. Ihr Haar war frisch gekämmt. Sie setzte sich an den Tisch und sah Matthias an:

„Was ist los?" fragte sie.

„Wieso?"

„Du siehst irgendwie verändert aus, so unruhig. Das kenne ich gar nicht an dir."

„Nein, nichts. Ich freue mich auf meinen Kaffee. Vielleicht war der Weg ein bisschen viel für mich, ich bin einfach nicht gewöhnt, so lange Strecken zu Fuß zu gehen. Und die Woche im Krankenhaus war auch nicht ohne. Einer ist im Urlaub, da habe ich zwei Nachtschichten machen müssen."

Angela nahm aus ihrer Anoraktasche eine Packung Marlboro und ein Feuerzeug.

„Rauchen ist nur auf der Terrasse gestattet", rief der Wirt und kam auf ihren Tisch zu. Beckerts wurde noch unruhiger.

„Tach zusammen", sagte er knapp und fuhr fort, indem er Beckerts musterte: „Für den Herren wieder einen Tee?"

Angela war sichtlich erstaunt, doch Beckerts fasste sich und sagte in einem fast zu barschen Ton: „Zwei Kaffee."

„Zwei Kaffee", echote der Wirt und zog sich zurück.

„Bist du schon öfters hier oben gewesen?" fragte Angela.

„Ja, ein oder zwei Mal vielleicht", sagte Beckerts und setzte, als ob er ein Alibi erhärten müsste, noch hinzu: „Mit Michael Ganser, weißt du?"

Angela hatte Michael Ganser bei Beckerts kennen gelernt. Aber warum belog er sie so, ohne Not? Es war ihm selbst unerklärlich. Er glaubte, die Situation bereinigt zu haben, als der Wirt mit dem dampfenden Kaffee vor ihnen stand und, anstatt die Tassen abzusetzen, einen Moment verharrte.

Er sah Beckerts in die Augen und sagte: „Seit Monaten wartet die alte Frau Schmidt auf Ihren Besuch! Warum sind Sie denn noch nicht bei ihr gewesen. Sie wollten doch mehr wissen. Die weiß, dass Sie kommen. Immer, wenn ich Sie treffe, fragt Sie nach Ihnen. Und ich sage ihr dann immer: Der kommt, Frau Schmidt, der kommt schon noch."

Beckerts war unfähig, angemessen zu antworten. Um den Wirt loszuwerden und die Erinnerungen an seine Nachforschungen nicht wieder wach werden zu lassen, sagte er nur: „Na, mal sehen."

Der Wirt war damit zufrieden und setzte endlich die Tassen ab. Matthias sah die Verwunderung auf Angelas Gesicht und kam ihrer Frage zuvor: „So eine alte Frau hier aus dem Dorf, die nicht zum Arzt gehen will. Ich habe dem Wirt gesagt, dass ich mal nach ihr sehen werde. Das war vor ein paar Monaten. Ich habe es einfach vergessen. Einfach vergessen."

Matthias ärgerte sich, dass er schon zum zweiten Mal gelogen hatte. Hätte er Angela die ganze irrsinnige Geschichte erzählen sollen?

Aber Angela war nicht so leicht abzuschütteln wie der Wirt: „Matthias, was hat der Wirt da gesagt? Du wolltest doch noch mehr wissen? Mehr wovon? Was wolltest du bei dieser Frau Schmidt?"

Matthias trank an seinem Kaffee. Sein Blick fiel auf die Zigarettenschachtel, die neben Angelas Kaffeetasse lag. Ob es jetzt etwas helfen würde, sich eine anzuzünden? Matthias, selbst ein konsequenter Nichtraucher, hatte schon oft interessiert zugesehen, wie Angela inhalierte. Ruhig entströmte dann der dünne Rauch ihrem Mund und schob sich zwischen Angela und ihn. Unsinn, dachte er, jetzt hilft nichts mehr.

„Also gut", sagte er, es tut mir leid, wenn ich eben nicht ganz die Wahrheit gesagt habe. Ich war nie mit Michael hier oben, sondern immer alleine. Und diese Frau Schmidt, das ist eine von diesen, wie soll ich sagen, eine dieser Heilkundigen, jemand, der heilen kann, was wir Ärzte nicht in den Griff bekommen."

„Du meinst die ‚Konst'-Leute?" meinte Angela zu Beckerts Erstaunen.

„Ja. Woher weißt du davon? Ich meine, das ist ja seltsam, ich bin dem nachgegangen, so ein wenig wie ein Detektiv. Daher kennt mich auch der Wirt. Und du weißt sofort, um was es da geht?"

„Jeder hier in der Gegend hat schon davon gehört. Ich bin doch hier groß geworden, die Leute reden halt davon, auch meine Eltern haben erst letztens über so einen Heiler gesprochen."

Matthias war neugierig, was die Leute aus der Gegend von diesen Dingen wussten, und spürte, dass sein Entschluss, der „Konst" nicht weiter nachzuspüren, hinfällig wurde, obwohl er sich dagegen sträubte.

„Was meinst du denn? Ist da was dran, an dieser Heilkunst?" fragte er.

„Ist da was dran, ist da was dran. Keine Ahnung, ich bin Ingenieurin, ich glaube nur, was ich sehe. Ich habe gehört, dass diese Heiler Erfolg haben, gerade da, wo eure Medizin nicht weiter weiß. Ich habe vor ein paar Jahren sogar mal ein Buch darüber gelesen. Da war zum Beispiel diese Geschichte mit der Angestellten aus der Drogerie, die heimlich im Lager geraucht hat. Dadurch sind Plastiktüten in Brand geraten, bald stand das Lager in Flammen, ihre Haare und Kleider haben Feuer gefangen. Dann soll sie wie eine Feuersäule aus der Drogerie heraus gerannt sein und sich in die Rur gestürzt haben. Im Krankenhaus haben sie schwere Verbrennungen festgestellt, unerträgliche Schmerzen soll sie gehabt haben."

„Und dann ist diese Frau Schmidt gekommen?" fragte Beckerts ungeduldig.

„Nein, das war jemand anderes. Jedenfalls ist ein Heiler zu der jungen Frau gegangen, hat mir ihr gesprochen und schon waren die Schmerzen weg. Steht in dem Buch, nicht wahr, wie gesagt, ich kann nur sagen, was ich gelesen habe."

„Hat sie überlebt?"

„Nein, das nicht, weshalb ich vermute, dass diese Heilerin so viel nun doch nicht ausrichten konnte, wenn überhaupt. Sie ist gestorben, aber sie sei friedlich gestorben, heißt es."

Beckerts schaute auf seine Kaffeetasse. „Aber warum interessierst du dich denn so brennend für Sachen, die die alten Leute so erzählen?"

„Ich bitte dich. Als Arzt muss mich so etwas doch beunruhigen. Da gibt es Leute, die ohne medizinische Kenntnisse heilen. Nicht mal Kräuter oder so etwas brauchen sie dazu."

Angela schaute zum Wirt herüber, der die beiden aufmerksam zu beobachten schien. Sofort blickte der Wirt in eine andere Richtung.

„Weißt du, Matthias", fuhr sie fort, „gerade du als Arzt, als Wissenschaftler, müsstest wissen, dass man nicht alles glauben kann, was die Leute erzählen. Sollen sie doch mal eine ihrer Heilungen unter wissenschaftlicher Beobachtung machen, unter Laborbedingungen sozusagen. Dann würde ich ernsthaft darüber diskutieren. Aber sonst, sonst würde ich dir raten, lass die Finger davon. Ich denke, dass tut dir weder als Mensch noch als Arzt gut, wenn du weiter versuchst, in diese Dinge einzudringen."

„Jetzt sagst du auch so etwas", entfuhr es Beckerts, „der Wirt hat mich gewarnt, ein anderer hier aus dem Dorf hat mir so ein Brimborium erzählt von ‚fest im Glauben stehen' und er dürfe nichts sagen und so weiter. Mensch! Wenn das doch funktioniert, warum sollen dann nicht noch mehr Menschen davon profitieren?"

„Keine Ahnung", sagte Angela kühl, „ich habe dir schon gesagt, dass ich sehr, sehr skeptisch bin. Aber eines weiß ich genau: Dass das nämlich sehr sonderbare Leute sind, die die ‚Konst' ausüben. Sag mal, diese Frau Schmidt, von der der Wirt sprach, ist das auch so eine?"

„Ja, das ist die Frau, die die kleine Hofmann geheilt hat."

„Wen?"

„Ach, das ist der Fall aus dem Krankenhaus, weswegen ich überhaupt auf die Sache gestoßen bin. Ich hatte ja fest vor, die Finger davon zu lassen, weil ich auch kein gutes Gefühl dabei habe. Diese Dinge sind mir völlig fremd. Der eine Mann hat auch was von einem Heiligen erzählt, der dabei eine Rolle spielen soll. Welche Rolle hat er natürlich nicht verraten. Vielleicht beten die ihre Patienten gesund."

„Volksaberglauben", lachte Angela, „Gesundbeter hat es früher immer gegeben, damals war das für die Leute völlig normal, dass jemand mit irgend einem Hokuspokus geheilt hat, es gab ja nichts anderes. So was steht ja auch schon in der Bibel, Jesus soll den davon geheilt haben, dann einen anderen davon, kennst du doch, die Geschichten."

„Nun komm mir nicht mit der Bibel", gab Beckerts zurück, „das war doch was anderes. Wir leben heute im 21. Jahrhundert. Wunder, Wunder sind doch …"

„Moment", unterbrach ihn Angela, „du hast mal gesagt, dass du an Gott glaubst. Aber wenn du an Gott glaubst, woher nimmst du dann das Recht zu sagen, dass unsere Zeit keinen Platz mehr für Wunder hat? Wenn es diesen Gott gibt, an den du glaubst, dann muss der doch als der Allmächtige mal schnell so ein Kind heilen können, oder verstehe ich da was falsch?"

Matthias sah, dass Angela einen Punkt getroffen hatte, der ihn während seiner Nachforschungen oft beschäftigt hatte.

„Ich will nicht, dass Gott irgendwie in diese Geschichte reingerät", antwortete er, merkte aber selbst, dass dies ein eher hilfloser Versuch war, sich herauszureden, „Tatsache ist, dass ich keine ruhige Minute mehr habe, wenn ich nicht wenigstens etwas Licht in diese Angelegenheit gebracht habe.

Andererseits will ich mich auch nicht zu sehr damit belasten. Ich werde zu dieser Frau Schmidt gehen. Danach ist Schluss."

Er hoffte, Angela damit beruhigt zu haben. Doch sie schaute ihn nachdenklich an.

„Wenn du an Gott glaubst", sagte sie schließlich, „dann musst du auch an seinen Gegenspieler glauben, den Teufel oder wie du die dunklen Kräfte nennen willst. Vielleicht hat es was damit zu tun, in dem Buch, von dem ich dir erzählt habe, wurde so etwas angedeutet."

„Schluss jetzt", sagte Beckerts, „du hast zu viele Horror-Filme gesehen. Das geht mir zu weit. Wenn die ‚Konst' funktioniert, denke ich mir, dann nur, weil diese Heiler die Psyche beeinflussen können. Und vielleicht besser als wir mit unseren Medikamenten und Therapien. Das will ich herausfinden! Zahlen bitte!"

Der Wirt kam sofort, als hätte er nur darauf gewartet, wieder an Beckerts Tisch gehen zu können. Er nannte den Preis, Beckerts zahlte. Kein Trinkgeld.

Der Wirt warf die Münzen achtlos in ein großes schwarzes Portemonnaie, dass er professionell in seine rechte Hosentasche steckte. Beckerts fragte ihn, ob er ein Taxi rufen könne. Der Wirt bejahte und wenig später brachte das Taxi Beckerts und Angela zurück nach Monschau.

VIII

Der andere

„Mein Ikarus, lass dich ermahnen!"

Frau Sibylle Schmidt bewohnte ein kleines Haus hinter der Kirche von Kalterherberg, dessen Grundfarbe aus einem hellen Grau bestand, das gerade durch den sporadischen Moosbewuchs und metastasierende Flechten eher der Farbe eines Felsens als der einer Behausung im Hohen Venn gleichkam. Der Briefkasten - nächste Leerung um 16:00 Uhr - zerstörte diesen optischen Eindruck, weil er wie der Wasserbehälter eines Vogelkäfigs da hing, aus anderer Substanz, abnehmbar, veränderlich.

Kein Hund sprang Beckerts entgegen, als er über die grasbewachsene Auffahrt - oder war es Unkraut? - auf die rötliche Haustür zuging. Es regnete leicht und er war froh, unter dem kleinen Vordach zu stehen, das ihn schützte, das andererseits alle Geräusche, die eben noch an sein Ohr gedrungen waren, zu schlukken schien. Es dauerte noch eine Weile, bis sich die Tür öffnete. Zunächst sah Matthias Beckerts nur die grauen Haare einer nicht eben großen, wohl leicht

89

gebeugt gehenden Frau. Dann hob sich ihr Kopf langsam und ihn schauten graublaue Augen an. Ohne Hast öffnete die Frau die Tür noch weiter und trat, sich an der Türklinke festhaltend, einen Schritt zur Seite, um dem Besucher Einlass zu gewähren.

Beckerts zögerte, weil er wieder einmal dabei war, jemanden zu befragen, ja eigentlich auszuhorchen. Eine alte Frau diesmal, mit der er vermutlich langsam und wie mit einem Kind würde sprechen müssen.

„Kommt rein!" sagte die alte Dame. Beckerts schätzte ihr Alter auf ungefähr 90. Spricht mich im Plural an, dachte er, eine Anrede, über die er sich hier schon oft gewundert, ja geärgert hatte. Stets hatte er das Empfinden, nicht allein zu sein, wenn er im Krankenhaus so angeredet wurde. Scherzhaft hatte er sogar daran gedacht, dass jemand, der einen einzelnen Menschen mit der Mehrzahl anredet, dass der seinem Gegenüber eine diesem selbst nicht bewusste Schizophrenie unterstellte.

„Ihr müsst der andere Doktor aus dem Krankenhaus sein", sagte sie.

„Ja, Beckerts heiße ich, Matthias Beckerts."

„Kommt doch durch, Herr Doktor. Ich sitze immer hier vorne an der Straße, damit ich die Autos höre. Das brauche ich, damit ich nicht so allein bin. Meine Tochter ist ja vor drei Jahren am Herzen gestorben, vielleicht wisst Ihr das noch aus dem

Krankenhaus. Die hat gleich da hinten gewohnt mit ihrem Mann und dem Kind. Die kam jeden Tag zu mir und brachte mir das Essen. Jetzt kommt nur noch ab und zu jemand. Mein Großer arbeitet unten beim Päffgen und die Kleine hat eine Anstellung bei der Sparkasse. Da ist die jetzt schon drei oder vier Jahre. Es ist schade um meine Hanna gewesen, aber mit dem Herzen, das hat die schon von Kind an immer gehabt. Setzt euch doch hier auf die Bank."

Beckerts gehorchte, zog im Sitzen seine Jacke aus und legte sie neben sich auf die Bank. Frau Schmidt setzte sich - wie es schien mit einiger Anstrengung- auf einen Lehnstuhl, der nach allen Seiten hin mit Kissen gepolstert war.

„Der andere Doktor hat mir Anfang der Woche gesagt, dass Ihr kommen würdet. Hattenberg heißt der, Doktor Hattenberg oder so ähnlich, den kennt Ihr doch bestimmt."

„Der war hier? Hier bei Ihnen? Dr. Hattingberg?" Beckerts konnte sein Erstaunen nicht verbergen.

„Der war ein paar Mal bei mir, wir haben immer viel erzählt. Der hat gesagt, dass er meine Hanna gekannt hat. Ich hab ihm auch Fotos von der Hanna gezeigt. Und er hat mir ganz genau erklärt, was mit meiner Hanna ihrem Herzen war."

Woher wusste dieser Hattingberg, dass ich zu Frau Schmidt wollte, überlegte Beckerts. Und während er noch grübelte, wieso Hattingberg sich offenbar ebenfalls stark für die ganze Geschichte interessierte, fuhr die alte Frau fort:

„Aber was der wollte, hab ich dem nicht erzählt. Stellt euch vor, der wollte, dass ich ihm die ‚Konst' verrate."

„Na ja, Frau Schmidt", sagte Beckerts freimütig, „Sie wissen doch, dass ich eigentlich auch deswegen hier bin."

„Mein Großer kommt nur samstags mal rauf zu mir, der arbeitet ja auch die ganze Woche bei Päffgen. Die Kleine hat manchmal dienstags früher frei. Dann setzt sie sich in ihr Auto und kommt mich besuchen. Die arbeitet ja in der Kreissparkasse."

So komme ich nicht weiter, dachte Beckerts, der keinerlei Lust hatte, sich stundenlang über Frau Schmidts Kinder und Enkelkinder zu unterhalten.

„Frau Schmidt, wenn Sie mir auch nichts erzählen wollen, dann werde ich das respektieren. Ich kann das schon verstehen. Durch die kleine Susanne Hofmann bin ich darauf gekommen, dass Sie sich mit der ‚Konst' auskennen."

„Man muss die jungen Leute lassen", fuhr Frau Schmidt unbeirrt fort, „was sollen die auch bei einer alten Frau. Die haben ihre Freunde und müssen ja immer schwer arbeiten. Aber es ist schade um meine

Hanna, dass die so früh am Herzen gestorben ist."

Sollte er sich damit abfinden, dass die alte Frau, die ihm eigentlich einen geistig regen Eindruck machte, mit ihrer vielleicht nur gespielten Tüddelichkeit an der Nase herum führte? Sollte er sein Ziel beharrlicher verfolgen?

„Das war schön, als der Pater noch öfters gekommen ist. Das war ein feiner Mann. Ja, ein feiner Mann. Und der war gelehrt. Der wusste alles."

War das jetzt ein weiteres Ablenkungsmanöver? Beckerts beschloss, nichts zu sagen und die Frau freundlich anzublicken.

„Ja, der Pater", fuhr Frau Schmidt nach einer Pause fort, „ein feiner Mann war das. Der konnte auch Tiere heilen. Ich kann das nicht. Ich kann ja nur den Gebrannten helfen."

„Welcher Pater? Aus welchem Kloster ist der denn immer zu Ihnen gekommen?"

„Da ist der jetzt nicht mehr. Das hat mir der andere Doktor gesagt. Ich habe mich ja so gewundert, dass er auf einmal nicht mehr gekommen ist, der Pater. Mit dem konnte ich so schön reden. Und jetzt kommt er nicht mehr, weil er in Holland ist, auf einem Schloss in Holland. Wie hieß das noch, das Schloss, in dem der Pater Abelardus jetzt ist, wie hieß das noch? Der andere Doktor kannte das, wie heißen noch mal diese Flüsse in Holland, diese Kanäle in den Städten?"

„Grachten?" sagte Beckerts, als ginge es um die Beantwortung einer Quizfrage.

„Ja, Grachten, so ähnlich hieß das Schloss. Also der Pater kommt leider nicht mehr, der lebt jetzt in Holland, auf diesem Schloss. Als Gärtner."

„Als Gärtner?"

„Ja, als Gärtner. Ein Pater kümmert sich ja immer um den Klostergarten. Aber jetzt ist der ja nicht mehr im Kloster, sondern auf einem Schloss, hat der andere Doktor gesagt."

Wieder entstand eine Pause. Beckerts hätte gerne einen Kaffee getrunken, aber Frau Schmidt bot ihm nichts an. Nicht drängen, ruhig bleiben, sagte er sich.

„Ein lahmes Pferd hat der Pater mal geheilt, aber nur ein Mal. Sonst meistens Kühe. Kühe hat der viele gesund gemacht, da bei der Burg Reichenstein."

„Ein lahmes Pferd hat der gesund gemacht", echote Beckerts. Kühe, Pferde, eine Burg - er hätte sich nicht gewundert, wenn in der Erzählung der alten Frau noch eine Fee aufgetaucht wäre. Da Frau Schmidt nicht fortfuhr, schaute er sich ein wenig um. In der Ecke neben dem Feuerholz stand eine geschnitzte Figur, die eine Keule in der Hand hielt.

Darüber hing in der Ecke ein dreieckiges Bord, auf dem ein Kruzifix hinter zwei zu großen Kerzen fast verschwand. Mit schelmischer Freude sah er an der Wand gegenüber dem Kruzifix einen großen, modernen Flachbildschirm hängen. Das Ding war viel zu groß für das kleine Zimmer, aber für Beckerts war das Fernsehgerät ein willkommenes Zeichen, dass es hier ein Fenster nach draußen in die Welt gab, in der es nicht von heilkundigen Patres und Wunderheilungen an Kühen und Pferden wimmelte.

„Das hat der Orden dem Pater nicht erlaubt, das mit den Tieren, hat der andere Doktor gesagt. Der Pater hat ja viele Kühe gesund gemacht, das hat er mir selbst erzählt. Die haben ihn aus dem Orden rausgeschmissen. Exkommuniziert wohl nicht, glaube ich nicht, ist ja keine Sünde, wenn man Tiere gesund macht, glaube ich. Aber jetzt ist er Gärtner in Holland. Denkt euch das mal, ein so gelehrter Mensch ist Gärtner in Holland."

„Wenn der Pater so gelehrt war, dann kannte der sich bestimmt auch bei der ‚Konst' aus", fragte Beckerts vorsichtig.

„Über die ‚Konst' haben wir viel gesprochen, ja. Ich habe die ja von meiner Großmutter. Meine Mutter konnte das nicht. Der Pater hat mir alles genau erklärt. Ich wollte das ja gar nicht können. Weil die Leute mit der ‚Konst' immer so schwer sterben müssen. Die können nicht schön sterben. Das ist so.

Das hat mir der Pater Abelardus alles genau erklärt. Also dass der Orden den rausgeschmissen hat, kann ich nicht begreifen."

Nach einer weiteren Pause fuhr sie fort: Wisst Ihr, es ist schön, einen zum Sprechen zu haben, wenn man alt ist. Ihr könnt ruhig noch ein bisschen bleiben."

Beckerts hatte gar nicht gehen wollen und war von dieser Aufforderung überrascht.

„Geht Ihr in die Kirche?" fragte die alte Dame. Beckerts kam sich vor wie ein Schuljunge. Seine Tante Hildegard war es gewesen, die ihn damals ähnlich unvermittelt nach seinem Kirchenbesuch gefragt hatte.

„Wissen Sie", sagte er, um nicht lügen zu müssen, „diesen Sonntag hatte ich Dienst, da habe ich das nicht geschafft. Aber voriges Wochenende bin ich in der Kirche gewesen."

Dass er nur deswegen in der Kirche gewesen war, weil die Tochter eines Kollegen geheiratet hatte, verschwieg er lieber.

„Und könnt Ihr den Rosenkranz?"

Beckerts wollte protestieren, weil er es einfach nicht gewohnt war, so ausgefragt zu werden. Doch dann gab er sich einen Ruck, obwohl er doch eigentlich die Fragen stellen wollte. Die Sache schien der alten Frau wichtig zu sein, wenn er weiterkommen wollte, durfte er jetzt nicht abblocken, das war ihm klar.

„Ich weiß nicht, ob ich ihn noch zusammenbringe. Meine Großmutter hat jeden Tag den Rosenkranz gebetet, früher, als Messdiener, da war ich auch oft in der Rosenkranzandacht. Aber das ist schon eine Weile her."

„Der Rosenkranz ist sehr wichtig. Dafür muss man sich Zeit nehmen. Der schmerzensreiche Rosenkranz gibt Kraft, der glorreiche hebt uns auf, der freudenreiche Rosenkranz belebt das Herz."

„Belebt das Herz", plapperte Beckerts nach. Er hoffte, dass Thema sei hiermit abgeschlossen. Wollte die Frau ihn nur testen oder waren sie schon in einem Gespräch über die ‚Konst'?

„Früher, früher. Das hilft nichts, wenn man früher den Rosenkranz gekonnt hat. Habt Ihr denn einen Rosenkranz?"

Beckerts schüttelte den Kopf.

„Hier habt Ihr einen", sagte die Frau und streckte ihm die geballte Faust entgegen. Er hielt seine rechte Hand auf, wie ein Kind, und sah, wie eine bräunlich schimmernde Kette die Linien seiner Handfläche nach und nach bedeckte.

„Ihr müsst mir aber versprechen, ihn oft zu beten", sagte Frau Schmidt mit Nachdruck, „wenigstens zwei Mal die Woche. Sonst lernt Ihr nicht, was Ihr wissen wollt."

„Und Doktor Hattingberg? Kann der auch den Rosenkranz?"

„Nein, kann der nicht. Der glaubt auch nicht an die Heiligen. Der ist evangelisch, hat er gesagt. Und dass er keine Zeit für die Kirche hat. Krankenhaus, Nachtdienst, Bereitschaftsdienst, Notfälle und so. Da würde er das nicht schaffen, hat er gesagt. Da hätte er keine Zeit für. Keine Zeit. Aber Herr Doktor Beckerts, wie kann der so was sagen? Dafür muss man sich Zeit nehmen. Das muss der doch wissen, wenn er ein studierter Mann ist."

„Wir haben als Ärzte zwar viel zu tun, Frau Schmidt, aber ein bisschen freie Zeit haben wir, ist doch klar. Und wenn ich will, dann habe ich auch zwei Mal die Woche Zeit für den Rosenkranz."

„Ja der Pater Abelardus", sagte Frau Schmidt mit einem fast schon schwärmerischen Ton, „das war ein guter Mensch. Der Orden wollte das nicht. Vielleicht hat der Pater Abelardus die ‚Konst' nicht immer gut gebraucht. Der heilige Lorenz sieht das nicht gern. Und Judas Thaddäus auch nicht."

„Frau Schmidt, beten Sie mit den Kranken den Rosenkranz?"

„Ich bete viel den Rosenkranz."

„Werden die Kranken durch den Rosenkranz gesund?"

„Ich kann nicht viel machen, Herr Doktor."

„Aber die kleine Susanne Hofmann. Was haben Sie denn mit der Kleinen gemacht, der haben Sie doch geholfen!"

„Die kleine Hofmann. Die sehe ich ab und zu im Dorf. Das ist ein liebes Mädchen. Die war bös gebrannt. Ja, wenn die Menschen doch mehr den Rosenkranz beten würden! Meine Kleine geht gar nicht mehr in die Kirche. Der Große arbeitet schwer. Aber für die Kirche kann man sich doch Zeit nehmen."

„Sie beten also mit den Kranken?"

„Ach, junger Mann. Der Heilige hilft oder er hilft nicht. Ich mache, was man machen muss, dann muss man abwarten. Manchmal geht es schnell."

Beckerts hatte das Gefühl, dass die alte Frau gerne weiter erzählt hätte, sich aber nicht recht sicher war, ob sie ihm vertrauen könnte. Die Frage, was sie denn am Krankenbett zu dem Mädchen gesagt hatte, lag ihm auf der Zunge, aber er wartete einfach ab.

„Meine Großmutter hat mir das gegeben. Meine Mutter konnte es nicht. Ich weiß nicht, wem ich es geben soll. Der Kleinen kann ich es nicht geben, denn wenn einer nicht an die Jungfrau Maria und die Heiligen glaubt, wie soll das dann gehen? Man soll es ja einem aus der Familie geben, aber wem?"

Sie blickte eine Weile in die Ecke, wo das Kruzifix war. Dann schien sie sich einen Ruck zu geben und sagte:

„Aber mehr kann ich Ihnen nicht sagen. Dem anderen Doktor habe ich so viel gar nicht gesagt. Der Pater Abelardus hat dem auch nichts gesagt. Leuten, die den Rosenkranz nicht können, darf man nichts sagen."

Damit war das Thema beendet. Beckerts hörte noch eine gute halbe Stunde lang zu, wie Frau Schmidt über ihre Kindheit erzählte, über den Ort, die anderen Heilkundigen - es waren wohl insgesamt sechs - und immer wieder über ihre verstorbene Tochter Hanna. Danach war sie sichtlich ermüdet. Sie erzählte langsamer, schwerfälliger, wiederholte viel.

Beckerts bedankte und verabschiedete sich. Er war fest entschlossen, weiter in die Materie einzudringen. Als er nach seinem Autoschlüssel suchte, griff seine Hand einen Gegenstand, der unter seinen Fingern nachgab. Er zog ihn mit dem Autoschlüssel aus der Tasche. Er stieg ein, startete und legte die braune Perlenkette des Rosenkranzes auf den Beifahrersitz. Dann stellte er das Autoradio ab, das sich mit der Zündung eingeschaltet hatte. Rosenkranz, Rosenkranz, dachte er, wie ging das noch einmal? Immer wieder „Gegrüßest seist Du, Maria", und dann?

IX

Das Andere

„…kann, seiner Ruder beraubt, keine Lüfte mehr fassen…"

Dienstag, Frühdienst. Noch ein paar Tage bis zum Wochenende. Beckerts freute sich auf dieses Wochenende. Er wollte mit Angela zu Michael Ganser fahren und den beiden erzählen, was er bei seinem Besuch bei Frau Sibylle Schmidt erfahren hatte. Einerseits freute er sich, andererseits zweifelte er. Sollte er nicht lieber alles für sich behalten? Oder sollten sie gemeinsam weitersuchen: der Arzt, die Naturwissenschaftlerin und der Priester. Medizin, Geometrie, Theologie - da fehlt nur noch ein Jurist und wir hätten die klassischen mittelalterlichen Universitätsdisziplinen vereint, dachte Beckerts. Drei Wissenschaftler, die mit der gleichen Zielsetzung aber mit unterschiedlichen Methoden an demselben Phänomen arbeiten, diese Idee gefiel ihm.

Er betrat das Krankenhaus und schaute wie fast immer in der „Halle des Volkes" vorbei, wo die Raucher saßen. Warme Luft schlug ihm entgegen.

Draußen hatte er noch sein Jackett zugeknöpft, weil ihm der herbstliche Wind des ausgehenden Oktobers zusetzte.

„Tach, Herr Doktor!" rief es ihm entgegen. „Morjen, Doktor Beckerts", rief ein anderer und „Ausgeschlafen, Herr Doktor?" Auch Pater „Speedy Gonzales" saß bei den Rauchern, die er mit seinen mediterranen Aussprachproblemen immer als „Räuhämännhän" bezeichnete. Den „Räuchermännchen" hätte Beckerts kaum Beachtung geschenkt, wenn nicht plötzlich jemand aus der Menge lauter als die anderen und deutlich an ihn gerichtet „Ich soll Sie vom heiligen Lorenz grüßen!" gerufen hätte.

Beckerts blieb stehen und wandte sich verschreckt einer Gruppe von bademantelumhüllten Kranken zu, die Karten spielten und vor überquellenden Aschenbechern saßen.

„Wer hat die Grüße bestellt?" fragte er, wobei er sich bemühte, heiter zu wirken. Die Männer sahen den mit Jeans und blauem Jackett nicht wie ein Arzt wirkenden Beckerts staunend an. Einer von ihnen, der einen Zigarillostummel im Mundwinkel hatte, fragte zurück: „Wer hat wen gegrüßt?" So absurd wie diese Frage war Beckerts Antwort: „Grüßt ihn mal zurück!" Dann verschwand er hastig im Treppenhaus, nahm mehrere Stufen gleichzeitig und war froh, als er die Abteilung für Innere Medizin erreicht hatte, in der er diesen Freitag verbringen würde.

Die ersten Stunden nach der Ärztebesprechung waren angefüllt mit Routine: Blutabnahme, EKG, Schreibarbeit. Dann machte er eine Pause und nahm sein Handy. Beckerts musste eine Weile warten, bis sich die Pfarrsekretärin von St. Bruno meldete.

„Morgen Frau Großmann, hier ist Beckerts in Monschau. Ich hätte gerne den Herrn Pastor gesprochen."

„Momentchen"

„Matthias?"

„Morgen Michael! Entschuldige, wenn ich dich störe, aber du könntest mir einen Riesengefallen tun."

„Soll ich dir den heiligen Lorenz vorbei schicken?" sagte Michael Ganser und lachte in den Hörer.

Beckerts konnte diesem Scherz nichts abgewinnen. Schon zum zweiten Mal an diesem Tag war der Name Lorenz gefallen.

„Es hat schon etwas damit zu tun", sagte er nüchtern, ohne auf Gansers Bemerkung weiter einzugehen, „ich möchte, dass du für mich etwas herausfindest."

„Also wenn es um deine Heiler geht", erwiderte Ganser nunmehr ganz ernst, „dann muss ich dir sagen, dass ich dafür nicht zuständig bin. Ich bin Pastor, Theologe, aber mit all dem Volksaberglauben will ich nichts zu tun haben. Ich halte nicht viel von Hokuspokus und magischen Riten."

„Du sollst ja auch nichts über Aberglauben für mich rausfinden, sondern über einen Kollegen, der hier am Krankenhaus arbeitet und über den ich gerne mehr wüsste."

„Und da brauchst du ausgerechnet mich? Frag doch Google oder die anderen Kollegen."

„Hab ich schon, hab ich schon. Habe aber außer dem Titel seiner Doktorarbeit, die offenbar nie im Druck erschienen ist, nichts gefunden. Nichts, verstehst du, nirgends hat dieser Mann eine Spur hinterlassen."

„Ist das vielleicht dieser Kollege, der sich auch so brennend für deine Wunderheiler interessiert?" fragte Ganser.

„Ja, der Hattingberg."

„Wie?"

„Hattingberg. Dr. Alfred Hattingberg heißt er", wiederholte Beckerts zögerlich, denn fühlte sich etwas unwohl dabei, den Namen eines Kollegen, mit dem er weder ein gutes noch ein schlechtes Verhältnis hatte, auf diese Weise in seine Nachforschungen einzubauen, zumal sein Freund offenbar gar nicht begeistert davon war, in die Sache hereingezogen zu werden.

„Aber noch mal: Wieso soll ausgerechnet ich dir da weiterhelfen können? Denkst du, wir hätten einen kirchlichen Geheimdienst, bei dem ich nur anzurufen brauche?"

„Also wenn euer kirchlicher Geheimdienst da nichts herausfinden kann, dann kann es niemand", versuchte Beckerts zu scherzen.

„Heh, heh", mahnte Ganser, „Scherz beiseite. Einen Geheimdienst haben wir nicht."

„Gut, lassen wir das. Aber ich hoffe doch, dass du mir weiterhelfen kannst. Da einzige, was ich im Internet finden konnte, ist folgendes: Der Hattingberg war, bevor er zu uns nach Monschau gekommen ist, Arzt im Petrus-Krankenhaus in Wuppertal-Barmen."

„Na und? Ein katholisches Krankenhaus, von Schwestern geleitet, mehr weiß ich nicht."

„Genau: Das Krankenhaus wird von Cellitinnen geleitet. Und die haben doch in Köln ihre Zentrale und betreiben dort mehrere Krankenhäuser. Kennst Du nicht irgendeine Ordensschwester von denen, die dann vielleicht eine Nonne aus Wuppertal kennt, die sie mal so ganz unverbindlich fragen könnte, ob…"

„So ganz unverbindlich."

„Na ja, du weißt, wie ich das meine."

„Also Lust habe ich überhaupt keine, da müsste ich lügen. Aber du hast Glück, ich kenne tatsächlich mehrere Cellitinnen aus Köln, die gehören sozusagen zu meinen Schäfchen."

„Dann frag die doch mal", sagte Beckerts ungeduldig, „wir sehen uns ja am Sonntag, vielleicht weißt du dann schon was."

Michael Ganser druckste noch ein wenig herum, aber Beckerts war sich ziemlich sicher, dass sein Freund der Sache nachgehen würde.

Er trank seinen Tee aus, der schon etwas kalt geworden war, und ging mit dem Stapel Akten, die er am Morgen erledigt hatte, zum Stationszimmer. Bin ich vielleicht ein Spinner, ging ihm durch den Kopf. Sollte ich meine Freunde am Sonntag nicht lieber nur mit gutem Kuchen bewirten statt sie mit obskuren Heilern zu belästigen?

Ein seltsames Gefühl an der Schläfe riss ihn aus seinen Gedanken. Er fasste sich mit der linken Hand an den Kopf. Seine Knie wurden weich und er hatte Mühe, sich auf den Beinen zu halten.

Ein Patient eilte, so schnell es sein transportabler Tropf erlaubte, auf ihn zu. „Ist Ihnen nicht gut, Herr Doktor?" fragte er.

Beckerts wollte antworten, brachte aber keinen Ton heraus. Undeutlich, seltsam verzerrt, hörte er den Patienten sagen: „Kreidebleich, kreidebleich."

Teilnahmslos sah Beckerts, wie der Patient sich nach den Akten bückte, um sie aufzuheben. Dann betrachtete er seine Hände, große Hände. Waren das wirklich seine Hände? Wieder versuchte er zu sprechen, blieb aber stumm. Die Korridortür kam auf ihn zu, die Türen zu den Krankenzimmern links und rechts entschwanden ebenso seinem Blick wie der Patient. Offensichtlich, so konzentrierte sich Beckerts mit äußerster Anspannung, gehen meine Füße weiter den Flur entlang.

Aus einem Krankenzimmer trat eine weiße Gestalt, deren Gesicht dem eines Pferdes glich. Die Pferdefratze bleckte die Zähne und schien ihm etwas zuzurufen, wobei die Gestalt die Hände - oder waren es Hufe? - zusammenschlug.

Im Glas der Korridortür traf er auf eine zweite weiße Gestalt, ein Arzt offenbar. Die Gestalt hatte die Hände über dem Kopf und schrie. Beckerts hielt sich am Feuerlöscher fest. Die Gestalt tat dasselbe, riss dann den Feuerlöscher aus der Halterung. Beckerts sah, dass seine Hände auch einen Feuerlöscher trugen. Er versuchte, das rote, kalte Blechwesen fallen zu lassen und starrte auf die Glastür. Dort rang eine weiße Gestalt mit einem roten Tier. Glas splitterte. Das rote Wesen lag auf dem Boden, sein schwarzer dürrer Hals mit dem schlanken weißen Maul lag in einem Meer von Scherben. Die weiße Gestalt war verschwunden.

Beckerts trat durch die Öffnung, die das Glas freigegeben hatte und torkelte über die knirschenden Splitter. Er sah die Treppe, die nach unten führte, und vernahm eine dumpfe Stimme: „Zu jung für das Feuer!"

Die Treppe bog sich, weitete sich und öffnete sich endlich zu einem tiefen Graben. Ein Reiter in rotem Umhang und Ritterrüstung stand mit wehendem Helmbusch in der Tiefe der Öffnung und winkte ihm mit dem Schwert zu. Das Schwert glühte und versengte den roten Umhang des Reiters. Das Knistern brennender Holzscheite drang an Beckerts Ohr, ein großes prasselndes Feuer. „Ihr müsst mich wenden!" rief der Reiter. Beckerts Kopf dröhnte. Vor seinen Augen liefen die Bilder immer schneller. Hände reckten sich ihm entgegen, Entsetzen spiegelte sich in den Gesichtern hell leuchtender Erscheinungen. Engel? Über ihm diese überhellen Gesichter, von denen sich Beckerts in amöbenhafter Langsamkeit entfernte, indem er tiefer und tiefer sank, wobei mit jedem Meter schmerzhafte Schläge am Kopf, an der Schulter, am Becken die zunehmende Entfernung zu markieren schienen. Dann wurde es still und dunkel.

Beckerts erwachte in einem Krankenbett. Er lag in einem der Zimmer, in die er selbst so oft zu Patienten gegangen war. War es Nr. 142 oder Nr. 143? Er drehte den Kopf zur Seite, weil jemand zu ihm zu sprechen schien.

„Üble Geschichte. Üble Geschichte", sagte der Arzt, der seine Hand nahm, um die Blutdruckmanschette anzulegen. Es war Dr. Hattingberg.

Beckerts wollte zurückweichen, aber Schmerzen in Rücken, Armen und Beinen hinderten ihn daran, seine Position wesentlich zu verändern. Sein Kopf dröhnte. „Haben Sie Dienst, Herr Hattingberg?" fragte er. Seine Frage kam ihm selbst unpassend vor. Warum hätte Hattingberg sonst an seinem Bett stehen und ihm den Blutdruck messen sollen, wenn er nicht Dienst gehabt hätte. Beckerts schämte sich wegen seiner Frage und beschloss, erst einmal nichts zu sagen.

Hattingberg bejahte kurz.

So hatten sie es gelernt: Der Kranke ist in einer besonderen psychischen Situation und reagiert oft unberechenbar. Dies galt insbesondere für traumatisierte Patienten. Nur Kinder und Langzeitkranke bildeten eine Ausnahme. War er traumatisierter Patient? Beckerts verzog das Gesicht. Ihm war übel, er spürte, dass sein Kreislauf launisch war. Schweiß stand ihm auf der Stirn, sein Rücken fühlte sich nass und heiß an. Schauer krochen ihm durch die Glieder und immer wieder einmal musste er den Brechreiz herunterschlucken.

Hattingberg, dachte er, ausgerechnet dieser Hattingberg ist für mich zuständig. Beckerts fand es erstaunlich, ein Geheimnis, eine besonderes Wissen oder auch nur eine Ahnung davon mit jemandem zu teilen, den er nur flüchtig kannte und der über ihn vermutlich auch so gut wie nichts wusste. Vor allem kann der Hattingberg nicht wissen, überlegte Beckerts mühsam, wie weit ich vorgedrungen bin, ob sein Rivale ihn nicht vielleicht überrundet hat. Oder ist es umgekehrt? Weiß Hattingberg viel mehr über die ‚Konst' als ich?

„160 zu 80", sagte Hattingberg ohne jeden Kommentar und überließ dem Kollegen selbst die Interpretation der Werte. Aus Rücksicht? Oder war Hattingberg immer so wortkarg, wenn er mit Patienten umging?

„Vielen Dank, Herr Hattingberg", wollte Beckerts gerade sagen, um seinen seltsamen Mitwisser so schnell wie möglich loszuwerden, als die Tür aufgerissen wurde, Chefarzt Bode ins Zimmer glitt und den Raum mit noch mehr Unbehagen und Spannung erfüllte.

„Beckerts, Beckerts, Beckerts", war seine Begrüßung, „was machen Sie nur für Geschichten."

Dann kam ein knappes und sachliches „Wie geht es?" Doch bevor Beckerts auch nur ein Wort sagen konnte, fuhr er mit einem Schwall von Worten fort: „Rennt mir die ganze Station zusammen, rempelt mir die Leute an, donnert durch Glasscheiben und stürzt halb zu Tode. Also wirklich!"

Beckerts störte der Vorwurf in Bodes Worten, die wohl eine Kurzfassung dessen sein sollten, was ihm zugestoßen war, oder besser, wessen er sich schuldig gemacht hatte. Ihm war übel, er wollte nicht antworten, beschäftigte sich stattdessen wie gewohnt damit, die Sätze seines Chefarztes sprachlich zu analysieren. Bode hatte auch für vergangene Aktionen und Abläufe die Gegenwart benutzt, fiel Beckerts auf. Daneben die Vorliebe, seine eigene Person in Zusammenhang mit Vorgängen, die ihn selbst nicht betrafen, zu setzen. Wie nennt man das noch? Genau, der Dativus ethicus, erkennbar daran, dass Bode mehrmals „mir" gesagt hatte.

Aber Beckerts hatte keine Freude an seinen Erkenntnissen, die Analyse der Grammatik erheiterte ihn nicht wie sonst. Bode fiel plötzlich in einen kumpelhaften Ton, der Hattingberg signalisierte, dass es wohl besser sei, den Chef mit dem Patienten allein zu lassen. Ohne ein Wort verließ er das Zimmer.

„Hören Sie mal, Beckerts", sagte Bode nach einigen belanglosen Sätzen mit leiser Stimme. Beckerts ärgerte sich über das Flüstern mehr noch als darüber, nicht mit ‚Herr Beckerts' angesprochen zu werden. Völlig konsterniert aber war er, als Bode mit seinem eigentlichen Anliegen heraus rückte: „Hören Sie mal, nehmen Sie eigentlich Drogen?"

„Wie kommen Sie denn darauf?" war Beckerts Reaktion.

„Also, wie Sie sich da aufgeführt haben sollen, das ist schon merkwürdig. Es sieht aus, als hätten Sie da mit der Axt um sich geschlagen. Der alte Müller von 136 hat das jedenfalls zu Protokoll gegeben. Verstehen Sie mich bitte nicht falsch, aber als Kollege in meinem Haus…"

Beckerts sagte nichts.

„Nun, wie erklären Sie sich denn den Vorgang?" fragte Bode.

„Keine Ahnung, ich habe keine Ahnung", seufzte Beckerts und wollte sich auf die Seite drehen.

„Übrigens, eine gewisse Angela Ruppel ließ sich nicht davon abhalten, die ganze Nacht im Flur zu sitzen und darauf zu warten, zu Ihnen zu dürfen. Ich habe aber strikt jeden Besuch untersagt. Wer ist denn die junge Dame, Herr Beckerts?"

Wenigstens zu einem ‚Herr' hat Bode sich hinreißen lassen, dachte Beckerts und führte es darauf zurück, dass Bode wohl gespürt hatte, dass er mit

seiner Unterstellung, Beckerts würde Drogen nehmen, zu weit gegangen war.

„Meine … eine Bekannte von mir. Aber wieso die
ganze Nacht? Habe ich so lange geschlafen?" fragte
Beckerts erstaunt.

„Geschlafen ist übertrieben. Dafür umso mehr ge-
redet, wir Schwester Marion mir gemeldet hat. Wirres
Zeugs. Ist ja auch klar nach so einem Treppensturz:
Läsion Hinterkopf, schwere Prellungen an Armen,
Beinen, Gesäß. Heute ist Mittwoch."

„Das sind …."

„Das sind vierundzwanzig Stunden", setzte Bode
fort und fragte mit Interesse: „Ach übrigens, wer ist
dieser Lorenz oder Laurenz, nach dem Sie ständig
gerufen haben sollen?"

„Ich kenne keinen Lorenz", log Beckerts seinen
Chef an.

„Na ja, ist ja nicht so wichtig. Jedenfalls freue ich
mich, dass uns nicht mehr passiert ist."

Hatte er allen Ernstes „uns" gesagt? Beckerts blickte den sich erhebenden Bode an und sagte: „Herr
Bode, darf ich Sie etwas fragen?"

Bode war sichtlich erfreut über den freundlichen
Ton, der ihm die Gewissheit gab, dass Beckerts ihm
die Frage nach den Drogen wirklich verziehen hatte.

„Klar, Mensch, fragen Sie!"

„Was hat Kollege Hattingberg eigentlich gemacht, bevor er an Ihr Krankenhaus kam?"

Die Frage schien Bode zu irritieren und Beckerts sah deutlich, wie schwer es für seinen Chefarzt sein musste, eine elegante Antwort zu finden. Wahrscheinlich deshalb gab er zunächst, um Zeit zu gewinnen oder um einer Antwort doch noch ausweichen zu können, eine Frage zurück: „Wieso wollen Sie das wissen?"

Damit befand sich Beckerts mitten in dem Spiel, das er immer so gehasst hatte: Konstruieren, Finten, Lügen, Ausweichen. „Nun", sagte er, „ich habe mit Hattingberg über einige merkwürdige Dinge gesprochen, von denen er eine Menge zu verstehen scheint."

„Hat er davon angefangen?"

„Das weiß ich nicht mehr. Jedenfalls war es sehr interessant, na ja, sagen wir mal, sehr aufschlussreich."

Beckerts Fallstricke hatten ihre Wirkung erzielt.

„Hören Sie, Beckerts. Nehmen Sie Hattingbergs Gerede nicht so ernst. Es bleibt unter uns, was ich Ihnen jetzt sage. Hattingberg hat in, also an seinem letzten Krankenhaus ein paar Schwierigkeiten gehabt. Dort konnte er nicht bleiben und da hat mich ein Freund", Bode rang nach Worten, „hat mich jemand gebeten, jemand aus der Politik, na ja, Sie wissen schon, wie das so ist. Man kennt sich, man hilft sich, sagt man doch, nicht? Jedenfalls, man hat mich gebeten, Hattingberg hier zu übernehmen. Er ist vielleicht ein wenig, sagen wir, psychisch überreizt. Traurige Geschichte eigentlich. Das bräuchte ich Ihnen alles nicht zu erzählen", rechtfertigte er seine Gesprächigkeit, „aber Sie sind ein guter Arzt und schweigsam. Und Hattingberg ist auch ein guter Mann für unser Haus. Seine etwas abwegigen Theorien hat er aufgegeben. Unwissenschaftliches Zeugs, wissen Sie, einfach unwissenschaftlich. Der Mann braucht Nüchternheit, die frische Eifelluft tut seinem Kopf gut. Ich kann Ihnen nur raten: Lassen Sie ihn zufrieden. Das macht ihn nur nervös. Sie verstehen doch?"

„Ich verstehe", sagte Beckerts ruhig.

Bode verließ hastig das Krankenzimmer. Beckerts fielen die Augen zu.

X

Enthüllung

„…hingeschmolzen das Wachs…"

Der November brachte den Regen. Seit Beckerts aufgewacht war, prasselte es unaufhörlich gegen die Scheibe seines Krankenzimmers. Die letzten drei Tage hatte er in Zimmer 143 verbracht und erfolglos versucht, sich über die Gründe für seinen plötzlichen Anfall klar zu werden. Dennoch hatte er es genossen, einmal auf der anderen Seite zu stehen oder besser zu liegen.

Sein Zustand war nicht ernst. Er fühlte sich noch etwas benommen, die Prellungen schmerzten noch recht stark, aber er hatte den Entschluss gefasst, trotz seines Unfalls weiter zu forschen.

Schwester Uschi betrat das Zimmer. Sie war leicht vorn übergeneigt und ihr Gang glich eher einem Schleichen als einem normalen Gehen. Aber erst als sie sich umschaute, als ob sie ganz sicher sein wollte, dass niemand im Raum war, wurde Beckerts neugierig und sah sie fragend an.

„Herr Doktor Beckerts", begann sie formell, „es tut mir leid. Ich wollte das nicht, das mit ihrem Treppensturz."

Sie erwartete eine Reaktion, aber Beckerts war so verwundert, dass er nicht einmal eine Frage stellte.

„Ich habe Ihnen das Zeugs in den Tee getan", fuhr sie nach einer Weile fort.

Jetzt wurde Beckerts richtig wach: „Was sagen Sie da?"

„Ich kann Ihnen alles erklären!"

„Ja, dann tun Sie das auch. Wer hat wem was in den Tee getan?" fragte Beckerts.

„Sollte nur ein Scherz sein. Weil Sie doch immer so ernst sind, hat Doktor Hattingberg gesagt. Er hat mir zwanzig Euro in die Hand gedrückt und mich gebeten, Ihnen so ein weißes Plättchen in den Tee zu tun. Das wäre so eine Art Aufmunterungspille."

„So? Hat Hattingberg das gesagt?"

„Ja, davon würde man etwas redseliger. Völlig harmlos, hat er gesagt. Ein Spaß, nicht mehr. Dass Sie davon Zustände bekommen und herumwüten würden, davon hat er nichts gesagt. Also, bevor das alles rausgekommen wäre, wollte ich es Ihnen selbst sagen."

„Erwarten Sie jetzt, dass ich aus Dankbarkeit vor Ihnen auf die Knie falle?" sagte Beckerts scharf.

Schwester Uschi machte ein verzweifeltes Gesicht.

„Entschuldigen Sie", schob Beckerts nach, „ich wollte Sie nicht kränken."

„Schon gut, ich verstehe ja, dass Sie böse sind. Ich weiß ja nicht, warum der Doktor Hattingberg Ihnen einen Streich spielen wollte und warum er Sie mit diesen Bemerkungen ärgern will."

„Bemerkungen?"

„Na ja, wie der rumgeht und den Leuten Geld bietet, damit die Ihnen irgendeinen Schwachsinn zurufen, Grüße von Lorenz und so."

Beckerts merkte, wie er bleich wurde. Hattingberg inszeniert also eine Art Drama, um ihn einzuschüchtern.

„Wem hat er denn Geld gegeben?"

Schwester Uschi spürte, dass sie eine Lawine ins Rollen gebracht hatte und errötete. „Ach die ganze Station zerreißt sich schon das Maul über Hattingbergs Verrücktheiten. Er erzählt halt den Patienten, Sie sollten ihm bei seinen Späßen helfen, er würde Ihnen einen Streich spielen."

Einen Streich? Das ist Psychoterror, dachte Beckerts. Er war konsterniert. Was ging nur in diesem Hattingberg vor? Sollte Beckerts ihn einfach zur Rede stellen?

Der Schwester war das Gespräch unangenehm und sie versuchte, es auf eine andere Bahn zu bringen. „Ist schon ein komischer Heiliger, dieser Doktor Hattingberg. Wissen Sie denn noch nichts von seinem neuesten Gag?" fragte sie.

Beckerts schüttelte den Kopf.

„Er hat sich als Sankt Martin zur Verfügung gestellt. Die Stadt brauchte für den großen Martinszug einen neuen Sankt Martin, na ja, so mit Pferd und Mantel und so. Und da hat Doktor Hattingberg sich gemeldet."

„Das gibt's doch nicht!"

„Da sehen Sie doch, dass der komisch drauf ist in letzter Zeit. Redet das ganze Jahr kein Wort zu viel, dann die Späße mit Ihnen und jetzt reitet er im Martinszug mit als Leithammel, als der große Heilige."

„Na wenn's ihm Spaß macht", sagte Beckerts und beendete damit die Unterhaltung. Schwester Uschi entschuldigte sich noch einmal und ging, jetzt nicht mehr schleichend, zur Tür.

„Und danke, dass Sie so ehrlich waren", rief Beckerts ihr nach.

Hattingberg als Sankt Martin. Beckerts konnte sich keinen Reim darauf machen. Was hatte ihn dazu bewogen? Er wunderte sich, dass die „Späße" seines Kollegen und auch die Tatsache, dass er ihm offensichtlich eine Droge eingeflößt hatte, so dass er noch die nächsten Tage krankgeschrieben war, dass ihn das alles nicht so sehr bewegte. Aber das mit dem Martinszug, der doch schon in vier Tagen stattfinden würde. Hattingberg als Kinderfreund? Undenkbar.

Als er gerade darüber nachdachte, dass Hattingberg als Sankt Martin eine kurze Ansprache an die Kinder richten würde, öffnete sich die Tür erneut. Es war Michael Ganser.

„Hochwürden!", flachste Beckerts.

„Herr Dokter", gab Ganser zurück, indem er wie im rheinischen Dialekt üblich das „o" durch ein „e" ersetzte, „wenn du nicht zu mir kommst, dann komme ich eben zu dir, habe ich mir gedacht."

„Du, also, wir wären schon gerne gekommen, aber…"

„Ich weiß, ich weiß, Angela hat mich angerufen und mir alles erzählt. Wo ist sie eigentlich, heute ist doch Samstag."

„Ich habe Sie gebeten, für ihre Klausuren zu arbeiten, statt hier rumzusitzen", sagte Beckerts.

„Ist dir wohl peinlich, was Matthias? So schwach und krank dazuliegen."

Beckerts musste lächeln, sein Freund kannte ihn doch sehr gut. Trotz seiner Tätigkeit als Arzt - oder gerade deswegen? - hatte Beckerts eine Abneigung gegen Kranke, eine Abneigung, die er sich kaum eingestand und die er stets zu übertünchen suchte. Schwachsein, Kranksein, das lag ihm nicht. Er hatte Freude an seinem Beruf als Arzt, aber andererseits …

Vor allem hatte sich irgend etwas in ihm immer gesträubt, selber in die Lage eines Patienten zu kommen. Seit dem Studium war Beckerts eigentlich nie richtig krank gewesen. Schon an der Universität hatte er keine einzige Vorlesung versäumt. Das hatte sich nach dem Studium fortgesetzt. Einen „belastbaren" Kollegen hatte Bode ihn genannt, nicht zu unrecht, denn selbst eine starke Erkältung konnte ihn nicht zu Hause halten.

Ganser spürte, dass Beckerts nachdachte und schwieg.

Hatte er ein verkrampftes Verhältnis zu Stärke und Schwäche, überlegte Beckerts. War nicht seine Mutter daran schuld? Er erinnerte sich noch genau, wie seine Mutter reagiert hatte, wenn er während seiner Zeit als Schüler morgens wach wurde und sich krank fühlte. Sie hatte ihn mit triefenden Augen und fröstelnd in die Schule gehen lassen. Heut Mittag, wenn du heimkommst, kannst du dich was hinlegen, hatte sie in solchen Fällen gesagt. Und wenn er dann mit Fieber und immer noch frierend nach Hause kam, dann hatte sie ihn strahlend begrüßt. Siehst du, hatte sie gesagt, na bitte, du siehst schon viel besser aus. Und schon hatte sich der kleine Matthias an seine Hausaufgaben gemacht, als ob er sich Fieber und Erkältung nur eingebildet hatte. Gegen seine Mutter, so war es ihm vorgekommen, hatte die Erkältung einen schweren Stand, die Mutter schob jeden Anflug körperlicher Schwäche einfach beiseite. War er deswegen Arzt geworden?

Ganser riss ihn aus seinen Erinnerungen: „Es ging übrigens leichter, als ich dachte."

„Was?" fragte Beckerts. Hätte sich sein Freund nicht erst nach seinem Befinden erkundigen müssen?

„Na, das mit deinem Kollegen Hattingberg."

„Hattingberg, unser Sankt Martin."

„Wie?" fragte Ganser irritiert.

„Nicht jetzt, ist eine lange Geschichte. Erzähl ich dir gleich, jetzt will ich erst mal wissen, was du über den Hattingberg weißt."

„Also, ich will dir jetzt nicht sagen, wie das genau gelaufen ist, ist ja auch nicht so wichtig."

„Informantenschutz nennt man das beim Geheimdienst", sagte Beckerts und lachte, da ihm im gleichen Moment einfiel, dass Ganser das Wort Geheimdienst im Zusammenhang mit der katholischen Kirche nicht so gerne hörte.

„Ich habe mit jemand gesprochen, der Hattingberg nicht nur gekannt hat, sondern drei Jahre mit ihm in Wuppertal gearbeitet hat. Die konnte mir ein paar Details erzählen, die dich interessieren werden. Hattingberg soll dort eigentlich recht beliebt gewesen sein. Aber er hat wohl einen großen Fehler gemacht. Bei seiner Arbeit mit Hautkranken hatte er in den letzten Monaten, bevor er das Krankenhaus verlassen hat, immer öfters jemanden dabei, den er als seinen Praktikanten bezeichnet hat. Soll aber alles nicht gestimmt haben. Dieser Praktikant soll nie Medizin studiert haben, sondern soll ein Ordensangehöriger gewesen sein…"

„Pater Abelardus!" unterbrach Beckerts, „der Pater, der jetzt in Holland lebt, weil er aus dem Orden rausgeflogen ist!"

„Rausgeflogen? Davon weiß ich nichts. Ein Pater, wurde mir erzählt, Pater Abelardus. Und er soll jetzt auf Schloss Gracht in Erftstadt leben, hast du vielleicht schon mal etwas von gehört."

„Und er arbeitet dort als Gärtner", sagte Beckerts, dem schlagartig klar wurde, wieso Frau Schmidt auf Holland gekommen war.

„Als Gärtner? Keine Ahnung, was er dort macht."

126

„Doch, doch, das hat mir jemand erzählt, der den Pater auch gut kannte."

„Na ja, ist ja auch nicht so wichtig, was der heute macht, aber ich habe noch mehr rausbekommen. Hattingberg soll also immer wieder mit diesem Pater Abelardus im Krankenhaus aufgetaucht sein und soll ihn mitgenommen haben zu Visiten und zu Behandlungen. Jetzt kommt der Teil, der dich am meisten interessieren wird. Der Hattingberg soll den immer mitgebracht haben, wenn es um Verbrennungen ging, die beiden sollen Leute wieder auf die Beine gebracht haben, die der Chef der Dermatologie schon aufgegeben hatte. Bei einem Fall soll eine Bekannte meiner Informantin selbst Zeugin einer merkwürdig schnellen Heilung gewesen sein. Hat man mir erzählt, ich gebe das hier nur so wieder, verstehst du?"

Beckerts nickte.

„Also, als die im Krankenhaus in Wuppertal gemerkt haben, dass dieser Abelardus gar kein Mediziner war, haben sie Hattingberg natürlich verboten, ihn weiter zu den Kranken zu lassen. Er soll sich auch daran gehalten haben. Alles wäre gut ausgegangen, schließlich soll Hattingberg ein guter Arzt mit beachtlichen Erfolgen gewesen sein."

„Ja und? Warum haben sie ihn dann doch absterviert?"

„Weil er den Mund nicht halten konnte. Zuerst hat er gegenüber Studenten, die bei ihm zur Ausbildung waren, von der entscheidenden Rolle der Psyche bei der Heilung von Hautverletzungen gesprochen. Das hätte man ihm noch durchgehen lassen. Aber dann hat er auf einem Dermatologen-Kongress gesprochen. Gesundbeten, soll er da gesagt haben, scheine ihm der erfolgreichste Therapieansatz bei Verbrennungen aller Art zu sein. Du kannst dir vorstellen, was da los war. Seine Kollegen haben ihn verspottet, sein Chef war wütend. Kurzum, er musste gehen."

„Ist ja verrückt", meinte Beckerts leise.

Die beiden Freunde sprachen noch eine ganze Stunde über Hattingberg und sein Interesse an der „Konst", das sich jetzt in einem neuen Licht präsentierte. Beckerts erzählte von Hattingbergs Einschüchterungsversuchen.

„Wenn du mehr herausfinden willst", schlug Ganser dann vor, „müsstest du mal zu diesem Abelardus fahren. Nächste Woche vielleicht, du bist ja sowieso krank geschrieben."

Krank geschrieben. Beckerts hasste dieses Wort. Krankgeschrieben wurden andere, und zwar von ihm. Im Zusammenhang mit seiner Person störte ihn dieses Wort sehr.

Ganser verabschiedete sich und überließ Beckerts seinen Gedanken. Abelardus, klar, das schien eine Schlüsselperson zu sein. Es reizte Beckerts, die Heilmethoden dieses ehemaligen Paters kennenzulernen. Hatte Abelardus vor den Augen Hattingbergs geheilt? Aber wenn das so war, wieso bediente sich dann Hattingberg nicht selbst der „Konst"? Dieser Abelardus war doch offenkundig ein Experte, hatte er Hattingberg im Dunkeln über seine Methode gelassen? Wusste Hattingberg wirklich so wenig, dass er halb Kalterherberg abklappern musste, um jemanden zu finden, der ihm das Geheimnis dieser Heilungen verraten würde?

Beckerts hielt es nicht aus. Der Gedanke, diesen Ex-Pater sofort anzurufen, ihm alles zu erklären oder wenigstens einen Termin mit ihm auszumachen, drängte sich ihm auf. Bis zum Abend gelang es ihm, die Vorstellung so weit zurückzudrängen, dass sie sich nur noch als vage Möglichkeit wie ein leichtes Sediment in seinem Kopf ablagerte.

Die „Heute"-Nachrichten um sieben Uhr lenkten ihn ein wenig ab. Afghanistan, Persischer Golf. Draußen läuft alles weiter, dachte Beckerts, in Kabul weiß man nichts vom Kreiskrankenhaus Monschau, in dem er lag und auf seine Entlassung wartete. Er döste vor sich hin und drückte wahllos die Knöpfe seiner Fernbedienung. Eine Sportsendung, ein Reisebericht über Peru, ein Zeichentrickfilm, um

20 Uhr dann die Tagesschau. Wieder Afghanistan, wieder die Lage am Persischen Golf. Ein bisschen über einen Regionalparteitag der SPD, viel Sport, das Wetter.

Sollte er Abelardus anrufen? Den Gärtner von Schloss Gracht? Er nahm sein Smartphone und suchte im Internet nach Abelardus. Da fand sich nichts, klar, wäre auch komisch gewesen, wenn er unter diesem Namen im Telefonbuch gestanden hätte. Dann Schloss Gracht: Hotel - Tagungen - Seminare - Events. Das war es, eine Telefonnummer stand direkt oben auf der Homepage.

Beckerts wählte die Nummer. Tatsächlich meldete sich eine Frau mit angenehmer Stimme. Ob sie ihn mit dem Gärtner verbinden könne, fragte Beckerts. Sie sei für Tagungen und Events zuständig, sagte die Frau leicht irritiert aber freundlich, bezüglich des Gärtners könne sie ihm nicht weiterhelfen. Sie notierte Beckerts Nummer und versprach, er würde von der Schlossverwaltung zurückgerufen werden.

Beckerts legte das Smartphone beiseite und widmete sich wieder dem Fernsehprogramm. Gerade hatte er sich halbwegs in einen Krimi eingedacht, der irgendwo in Bayern spielte, da klingelte sein Telefon.

„Beckerts", sagte er leise.

„Matthias, ich bin's."

„Ach, du, hallo Angela!"

„Na, sehr zu freuen scheinst du dich ja nicht gerade. Was ist los?"

„Ich schaue gerade einen Krimi. Kein Problem, prima, dass du anrufst. Wie geht's?"

„Hör mal Matthias, ist irgendwas mit dir?"

„Nein, wieso?"

„Hört sich an, als hättest du mal wieder keine Lust zu reden."

„Ist schon in Ordnung, Angela, entschuldige. Ich will hier raus. Es geht mir wieder ganz gut und ich sehe nicht ein, dass ich auch nur einen Tag länger als nötig hier rumliege. Was machen die Klausuren?"

„Heute haben wir Mathe geschrieben, ich glaub, es ist ganz gut gelaufen."

„Eine Klausur am Samstag?"

„Die fragen uns nicht, ob wir gerne samstags schreiben. Aber ist ja auch egal. Dienstag noch eine und dann hab ich erst mal wieder Ruhe."

Beckerts schwieg. Er wusste nicht, was er sagen sollte. Über Hattingberg und Abelardus wollte er jetzt nicht mit ihr reden. Und das lockere Plaudern lag ihm nicht. Er war kein Konversationskünstler, das Telefon hätte man für ihn nicht zu erfinden brauchen. Er ertrug die Stille länger als Angela.

„Du, vielleicht komme ich morgen mal kurz nach Hause zu meinen Eltern, wegen der Wäsche und so", sagte sie.

Beckerts reagierte, wie er glaubte, dass Angela es von ihm erwartete: „Ja, wenn du kannst, komm doch mal kurz vorbei."

„Mach ich, dann bis morgen. Schlaf gut, Matthias."

„Gute Nacht, Angela."

Er blickte wieder zum Fernseher. Mehrere Polizisten machten witzige Bemerkungen. Die armen Menschen, ging Beckerts durch den Kopf, die sich so etwas jeden Abend ansehen müssen. Er schaltete das Gerät aus und gab sich seinen Gedanken hin.

Am nächsten Morgen, der Pfleger hatte gerade das Frühstück wieder abgeräumt, klingelte sein Telefon.

„Schloss Gracht, Mechthild Breuers-Valtinke", meldete sich eine Frau, „Sie hatten um einen Rückruf gebeten."

„Ja, Beckerts, Doktor Beckerts vom Kreiskrankenhaus Monschau. Ich hätte gerne mit Ihrem Gärtner gesprochen."

Die Dame am anderen Ende stutzte. „Mit dem Gärtner? Sie meinen den Herrn Küppers, der bei uns den Garten macht?"

„Ja, Herrn Küppers", sagte Beckerts schnell, weil er dachte, dass es sehr merkwürdig wäre, wenn ein Krankenhausarzt jemanden sprechen will, dessen Namen er nicht kennt. „Herr Küppers hat gesagt, er würde als Gärtner bei Ihnen arbeiten."

„Und darf ich fragen, in welcher Angelegenheit?"

„Wieso, arbeitet der nicht mehr bei Ihnen?"

„Doch, doch." Beckerts glaubte aus der Stimme der Frau ein Lachen heraushören zu können.

„Eine Arztsache", log Beckerts.

„Sie müssen meine Fragen entschuldigen", lenkte die Frau ein, „aber seitdem Herr Küppers bei uns ist, lebt er wie ein Einsiedler. Ein einziges Mal wollte ihn jemand sprechen. Einmal hat ihn jemand besucht oder besser gesagt, er hat ihn besuchen wollen. Aber Herr Küppers hat ihn nicht sehen wollen und ist nicht ans Tor gegangen. Aber wenn es wichtig ist, werde ich natürlich versuchen, ob ich ihn erreichen kann. Er hat kein Telefon, ich werde meinen Sohn zu seinem Zimmer schicken."

„Ja, ich danke Ihnen."

Eine Weile hörte Beckerts nur undeutliche Stimmen und ein Lachen, dann meldete sich die Dame wieder: „Hallo! Wie war noch gleich Ihr Name?"

133

„Beckerts, Doktor Beckerts. Aber Herr Küppers wird sich wohl kaum an meinen Namen erinnern, wir arbeiten im Team. Sagen Sie ihm nur, dass es wichtig ist."

„Herr Beckerts, also ich werde es versuchen, aber ich glaube nicht, dass er jetzt ans Telefon kommt und mit Ihnen spricht. Er hat, solange ich ihn kenne, noch kein Wort mit mir gesprochen. Ich dachte schon, er sei stumm, aber manchmal schreit er den Hund an oder er spricht mit den Pflanzen in einer Sprache, die ich nicht verstehe."

Beckerts sagte nichts. Sie wartete auf eine Reaktion. Als sie ausblieb, fragte sie: „Sind Sie noch dran?"

„Ja, ja", rief Beckerts, der krampfhaft überlegte, wie er weiter vorgehen sollte.

„Ich weiß, dass er nicht wirklich stumm ist, mit einem Kollegen hat er lange gesprochen, wissen Sie. Aber der Kollege ist an ein anderes Krankenhaus gegangen, deswegen bin ich damit beauftragt worden, ihn irgendwie zu kontaktieren. Mit irgendjemand muss er bei Ihnen doch sprechen, wie kann er sonst seine Arbeit tun?"

„Ach, wissen Sie, normalerweise hätten wir ihn gar nicht eingestellt. Mein Mann und ich, wir sind für den reibungslosen Ablauf hier im Hause verantwortlich und da schauen wir uns die Leute, die wir einstellen, genau an. Mitarbeiter, die so schwierig

134

sind wie Herr Küppers, können wir uns normalerweise gar nicht leisten."

„Und warum kündigen Sie ihm nicht einfach?" fragte Beckerts.

„Na ja, ich weiß nicht, ob ich Ihnen das alles erzählen soll, aber andererseits ist es ja auch kein Geheimnis. Einer unserer größten Kunden hat meinen Mann und mich persönlich gebeten, Herrn Küppers als Gärtner einzustellen. Zunächst haben wir geglaubt, es handle sich um einen Sicherheitsbeamten, der zur Tarnung in Gärtnerkleidung herumläuft. Sie müssen wissen, dass wir hier öfters hochgestellte Persönlichkeiten zu Gast haben, Manager, Professoren, sogar Minister und so weiter. Aber als wir den Herr Küppers sahen, also wie ein Leibwächter oder Agent wirkt der nun wirklich nicht. Warum wir ihn unbedingt einstellen sollten, weiß ich nicht. Ist aber auch egal, denn als Gärtner arbeitet er gut. Nur mit dem anderen Personal, da hapert es. Er passt sich einfach nicht ins Team ein, wissen Sie? Er isst nicht mit den anderen, sondern nimmt das Essen mit auf sein Zimmer. Er isst sowieso kaum etwas von dem, was wir normalerweise so anbieten. Er zieht sich sein Gemüse selbst und … Momentchen, da kommt mein Sohn zurück."

Da die Frau offenbar das Mikrophon stumm geschaltet hatte, konnte Beckerts nichts verstehen.

Dann hörte er wieder Stimmen und etwas wie „habe ich doch gleich gesagt".

„Hallo? Hören Sie? Mein Sohn war oben und hat ihm Bescheid gesagt. Er sagt, Küppers sei zwar da gewesen, durchs Schlüsselloch habe er Licht sehen können, aber der Küppers habe ihm keine Antwort gegeben. Das habe ich mir gleich gedacht. Ist es denn wirklich so wichtig?"

„Wichtig, wichtig, Geld ist immer wichtig, oder?" versuchte Beckerts zu scherzen.

„Schuldet er dem Krankenhaus Geld?"

„Nein, im Gegenteil, keine fällige Arztrechnung oder so. Im Gegenteil, es geht um 2000 Euro, die Herrn Küppers zustehen."

Beckerts fühlte sich unwohl. Seine Story kam ihm immer absurder, ja lächerlich vor.

„Am besten grüßen Sie Herrn Küppers von meinem Kollegen, Doktor Hattingberg. An den wird er sich bestimmt erinnern", setzte er zu und hoffte, die Frau würde nicht nachfragen, weshalb ein Patient Geld vom Krankenhaus bekommt.

„Ich werde sehen, was ich tun kann", erwiderte die Frau.

Beckerts murmelte noch einen Dank und beendete das Gespräch so rasch er konnte.

Dann setzte er sich aufrecht und legte sein Handy in die oberste Schublade des metallenen Nachttisches. Ein seltsames Geräusch war zu hören. Er griff in die Schublade und fühlte ein seltsames Gebilde, mit Daumen und Zeigefinger betastete er das Ding, bis er es endlich heraus zog. Der Rosenkranz! Genau, der Rosenkranz, den Frau Schmidt ihm geschenkt hatte. Irgendjemand hatte wohl den Inhalt seiner Jackentasche im Nachtisch deponiert. Er ließ die Perlen langsam durch die Finger gleiten. Womit hatte so ein Rosenkranzgebet noch mal angefangen? Mit dem „Gegrüßest seist du, Maria" eher nicht, das kam ja dann noch oft genug. Ein „Vaterunser"? Ein Glaubensbekenntnis? Es fiel ihm nicht ein.

Warum die alte Frau Schmidt so auf das Beten des Rosenkranzes bestanden hatte, war ihm immer noch unklar, ja, es war ihm eher noch unklarer geworden. Denn niemand hatte davon berichtet, dass die Heilkundigen mit den Patienten den Rosenkranz beten würden. Völlig unwahrscheinlich, dass das niemand aufgefallen wäre. Er versuchte das Glaubensbekenntnis zu beten, kam aber nicht weit. Im Fernsehen lief schon der nächste Krimi.

XI

Erklärung

„…und zeigte die gefahrvolle Kunst…"

Nach einer traumlosen Nacht erwachte Matthias Beckerts gegen sieben Uhr in seinem Krankenbett. Da er kein „richtiger" Patient war, wie der Pfleger formuliert hatte, wurde er nicht wie alle anderen um halb sieben geweckt und mit der Realität des Krankenhaus-Frühstücks konfrontiert, sondern durfte schlafen, solange er wollte, ohne dass jemand sein Zimmer betrat.

Er bestellte sein Frühstück also per Knopfdruck und begann seinen letzten Tag als Patient in seinem Krankenhaus. Bis zum Mittag las er in einem Buch, das sein Freund Michael Ganser ihm mitgebracht hatte. Es hatte den merkwürdigen Titel: „Zen und die Kunst, ein Motorrad zu warten." Skeptisch hatte er angefangen zu lesen, merkte aber bald, dass dieses Buch irgendwie zu ihm und seinen Lesebedürfnissen an diesem Novembermorgen passte. Er hätte ohne Mühe weiter lesen können, wenn sich nicht immer wieder Gedanken dazwischen gedrängt hätten, die ihn für Minuten unterbrachen, so dass er zwar weiter las, aber nichts aufnahm.

Erst als er merkte, dass er einige Seiten erneut lesen musste, um den Zusammenhang nicht zu verlieren, legte er das Taschenbuch weg, nachdem er auf Seite 96 ein Eselsohr geknickt hatte, als Ersatz für ein Lesezeichen, wie er es sich seit seiner Schulzeit angewöhnt hatte, und öffnete sozusagen den einstürmenden Gedanken Tür und Tor.

Wie mochte dieser Ex-Pater aussehen? Dieser Abelardus, der sich den banalen Namen Küppers gegeben hatte? Lebte wie ein Einsiedler und sprach mit niemand. Wie kann man das nur durchhalten, überlegte Beckerts, doch dann fiel ihm ein, dass er ja auch seit Jahren alleine lebte und als ein Eigenbrötler galt.

Sein Blick fiel auf den Rosenkranz, der noch von gestern Abend auf dem Nachttisch lag. Sollte er es mit einem meditativen Gebet versuchen, um seine Gedanken zu beruhigen? Er ließ die fünfzig Perlen durch seine Finger gleiten. Dann betrachtete er die runde Plakette, die Anfang und Ende des Perlenrings bedeutete. War da vielleicht ein Bild zu sehen? Ein Text, den er lesen sollte? Hatte ihm Frau Schmidt damit einen kleinen Hinweis geben wollen? Er hielt die Plakette ins Licht. Der Kopf einer Frau, ziemlich abgegriffen schon, schlecht zu erkennen. Aber klar, das war Maria. Eine Schrift war nicht zu entziffern.

Beteten die Heiler mit den Kranken den Rosenkranz? Gestern hatte er die Frage verneint, weil das ja sicher einmal jemandem aufgefallen wäre. Aber vielleicht, so überlegte er, beteten sie einfach das „Gegrüßest seist du, Maria"? Wie ging der Text noch mal?

„Gegrüßest seist du, Maria." Er stockte. Dann fiel es ihm ein:

„… voll der Gnaden, der Herr ist mit Dir."

Gnade, Gnade, die Gnade, heilen zu können? Jesus ging über Wasser und Land. Vielleicht musste man an dieser Stelle dreimal hauchen und so die Kraft auf den Kranken übertragen?

„Du bist gebenedeit unter den Frauen und gebenedeit ist die Frucht Deines Leibes, Jesus."

Gebenedeit, kommt vom lateinischen *benedicere*, segnen, überlegte Beckerts. *bene* und *dicere*, also „gut" und „sprechen" - steckt da nicht ein Hinweis drin? Mit guten Worten, mit Segen, die übernatürliche Kraft, die übernatürliche Heilkraft auf den Menschen, der sich verbrannt hat, übertragen. Oder auf die Brandwunde? Wie ging es weiter? Da es ihm nicht einfallen wollte, begann er noch einmal von vorne:

„Gegrüßest seist Du, Maria, voll der Gnaden, der Herr ist mit Dir. Du bist gebenedeit unter den

Frauen und gebenedeit ist die Frucht deines Leibes, Jesus. Heilige Maria", genau, das war es: „Heilige Maria, Mutter Gottes, bitte für uns Sünder, jetzt und in der Stunde unseres Todes. Amen."

Maria wird angerufen, sie soll bei ihrem Sohn um Kraft bitten, um Heilkraft natürlich. Das schien Beckerts ganz einfach.

Die Tür ging auf und Angela trat ein. Beckerts ließ den Rosenkranz schnell unter der Bettdecke verschwinden und tat, als suche er eine bequemere Position.

„Angela! Schön, dass du kommst."

„Hallo Matthias", sagte sie. Ein wenig kühl klang das. Beckerts fiel auf, dass Angela müde aussah, irgendwie gereizt.

„Geht es dir gut?" fragte er, um der Frage nach seinem eigenen Befinden zuvorzukommen.

„Es geht. Die Klausuren haben mich ganz schön genervt. Diese Woche noch eine, dann steht es mir bis hier. Aber egal, ich werde es überleben. Und du, wie geht es dir? Was hast du da gerade unter der Bettdecke versteckt?"

„Ich? Wieso?"

„Komm, hör auf, ich hab doch gesehen, wie du etwas unter die Decke gesteckt hast."

Beckerts fühlte sich ertappt und ärgerte sich gleichzeitig, dass er sich ertappt fühlte. Er zeigte Angela den Rosenkranz.

„Ein Rosenkranz? Bist du jetzt fromm geworden und unter die Mystiker gegangen?"

Angelas Bemerkung traf ihn. Er wusste nicht, was er antworten sollte und schwieg betreten. Wie wenig sie mich doch kennt! Hält mich wohl für einen seltsamen Spinner.

Angela merkte, dass sie einen Fehler gemacht hatte, irgendwie einen wunden Punkt getroffen hatte. Sie wollte ablenken und sagte leichthin: „Hat bestimmt was mit deinen Medizinmännern aus Kalterherberg zu tun. Die stehen auf den Rosenkranz, das weiß hier jeder."

„Ich denke kaum noch an sie", antwortete Beckerts.

Das hatte nicht überzeugend geklungen, aber das Telefon rettete ihn. Es klingelte, dann nochmal. Beckerts rührte sich nicht, sondern blickte Angela fragend an.

„Nun geh schon dran, Matthias", sagte Angela recht barsch.

Er nahm das Handy vom Nachttisch, drückte den grünen Knopf und meldete sich wie gewöhnlich mit „Beckerts".

Eine Frauenstimme. Zum Glück, dachte Beckerts, kriegt Angela nicht mit, wer am Apparat ist und ließ die Frau reden.

„Nein, Frau Breuers-Valtinke", sagte er schließlich, „ich bin tatsächlich Arzt hier am Krankenhaus und nur zufällig zur Zeit Patient. Hätte ich Ihnen gestern erklären müssen, aber ich dachte, das sei nicht nötig. Und jetzt will er mich sprechen? Wie haben Sie das nur geschafft?"

Beckerts sah, wie Angela die Stirn kraus zog. Sie wusste ja nicht, dass er mit der Verwalterin von Schloss Gracht sprach, und von diesem Herrn Küppers hatte er ihr auch nichts erzählt. Am besten, beschloss er, lasse ich Angela einfach mithören, soll sie sich selbst ihren Reim drauf machen. Er entfernte das Handy ein Stück von seinem Ohr, so dass Angela die Stimme verstehen konnte:

„… ist heruntergekommen und hat mir einen Zettel hingehalten, auf dem Ihr Name und ein Fragezeichen standen. Sie wissen ja, Herr Küppers spricht nicht, und wenn er spricht, dann nur dieses Kauderwelsch."

Angela hörte angestrengt zu.

„Gut, jetzt will er also mit Ihnen sprechen. Er sitzt hier bei mir. Aber ich warne Sie, richten Sie sich auf Kauderwelsch ein. Warten Sie, ich gebe ihm das Telefon."

Beckerts hielt die Hand auf das Handy und wollte Angela rasch das Wichtigste erklären, aber bevor er mehr als einen Halbsatz heraus gebracht hatte, hörte er schon eine Stimme.

„Hallo, Herr Küppers? - Wie bitte? - Ich verstehe Sie nicht."

Das musste dieses Kauderwelsch sein, dachte Beckerts. Angela sah ihn ratlos an. *Latine* - jetzt hatte er ein Wort verstanden.

„*Latine*, Sie meinen, ich soll Lateinisch sprechen?" fragte Beckerts und versuchte sehr mühsam, einen lateinische Satz zusammenzubasteln.

„*Loqui Latine non possum*", sagte er schließlich, doch dann fiel ihm ein, dass Abelardus einfach auflegen könnte, und er lenkte ein:

„*Bene, bene, Latine.*"

So, jetzt einen lateinischen Satz formulieren, dachte Beckerts. Was wollte er den Abelardus nicht alles fragen!

Aber er kam nicht dazu, Fragen zu stellen. Abelardus kam ihm zuvor und fragte, ob er ein Freund von Hattingberg sei.

„*Non sum amicus Hattingbergi*", antwortete Beckerts und ging wieder zum Deutschen über: „Nein, ich bin kein Freund, er ist ein Kollege von mir hier am Krankenhaus."

Abelardus unterbrach ihn und forderte ihn auf, wieder Latein zu sprechen. Beckerts gehorchte. Er wollte seinem Gesprächspartner klar machen, dass Hattingberg eher sein Konkurrent war, dass er selbst auch an der „Konst" interessiert sei. Bei „Konst" stockte er, weil er nicht wusste, ob er „Konst" mit *ars* übersetzen sollte.

„*Hattingberg inimicus meus est. Ego ‚artem' cognoscere volo. Mihi dixit te omnia scire*", brachte er schließlich hervor, wobei er sich fragte, ob man im Lateinischen nicht „siezen" könne.

Beckerts fuhr fort, langsam, weil es ihm große Mühe machte, nach Wörtern zu suchen, und erkundigte sich nach dem Grund für Hattingbergs Weggang aus der Klinik: „*Cur Hattingberg Wuppertal reliquit?*"

Abelardus Antwort überforderte Beckerts Lateinkenntnisse, so dass er Angela schulterzuckend seine Ratlosigkeit signalisierte. Schließlich unterbrach er seinen Gesprächspartner und sagte: „Hören Sie, Pater, *audi, frater* Abelardus, kann ich Sie nicht besuchen? *Licet te visitare?*"

Zu Beckerts Überraschung nannte Abelardus ihm einen Termin. Beckerts war nicht sicher, was *dies secunda* bedeutete, und fragte nach: „*Dies secunda est* Dienstag?" Abelardus bejahte. „Ja gut, *bene est*", stammelte Beckerts, „*nona hora*, drei Uhr, *bene*, gut,

146

ich werde kommen, also *venio*, nein, *veniam* oder *venturus sum*."

Beckerts musste lachen, weil sein Versuch, „Ich werde kommen" auf Latein zu sagen, zu einer Art Durchgang durch die Tempora des Lateinischen geworden war. Er legte auf.

„Was war das denn jetzt wieder?" fragte Angela sofort.

„Das ist mir noch nie passiert, Angela, dass mich jemand dazu zwingt, Latein zu sprechen. Ich kann Latein lesen und übersetzen, ziemlich gut sogar, aber sprechen…"

„Wer war das?" insistierte Angela.

Beckerts fand es schwierig, ihr alles zu erklären, wollte Sie aber auch nicht verletzen.

„Das ist eine lange Geschichte, Angela. Ich werde dir bei Gelegenheit alles erzählen. Heute habe ich einfach genug."

„Genug? Wovon genug? Genug von mir, weil ich dir unangenehme Fragen stelle?"

„Ach, nein, so war das nicht gemeint, ich…"

„So geht das nicht, Matthias, weißt du das. Ich weiß nicht, ob ich das länger aushalte. Eigenbrötler schön und gut, aber ich habe das Gefühl, deine Gedanken kreisen nur um dich selbst. Jemand wie ich stört dich doch nur. Nein, Matthias, so geht das nicht."

Sie stand auf und ging. In der Tür drehte sie sich noch einmal um, als hoffte sie auf ein Signal, vielleicht auf die Aufforderung, doch zu bleiben. Beckerts blieb stumm und sah nur leer in ihre Richtung. Hatte sie Tränen in den Augen? Er konnte es nicht richtig sehen. Dann war die Tür zu und er lag alleine in seinem Krankenbett.

XII

Ikarus

„…dann beschwert die Welle die Federn…"

Es war kurz vor zwölf, als Beckerts in seinen Wagen stieg. Ein regnerischer Dienstag, schnell würde er nicht fahren können, aber die Strecke bis zum Schloss Gracht müsste in zwei Stunden zu bewältigen sein. Wenn er zu seinen Eltern nach Köln fuhr, dann reichten meistens neunzig Minuten und das Schloss Gracht lag noch gut zwanzig Kilometer vor Köln an der alten Bundesstraße, die von Zülpich über Lechenich nach Köln führte. Regen trommelte auf die Windschutzscheibe seines graublauen Golf, die Heckenlandschaft oberhalb Monschaus war verzerrt wie die Träume in manchen alten amerikanischen Filmen. „Blurring" nannte man das, hatte er einmal gelesen, „verschwimmen", ein schönes Wort für solche Traumsequenzen, fand er.

In Schmidt bog die Hauptstraße nach links, Beckerts fuhr bergab weiter in Richtung Nideggen. Noch eine Menge enger Kurven und er würde Burg Nideggen rechts oben liegen sehen, gewaltig und scheinbar uneinnehmbar. Er musste an Ritter denken, die ohne Auto sicherlich nicht so bequem unterwegs gewesen waren wie er. Aber die Burg hatten sie ebenso dastehen sehen wie er. Irgendein Erzbischof hatte mal ein Heer zusammengestellt und wollte die Burg einnehmen. Oder war es ein Graf? Der aus Jülich? Egal, dachte Beckerts, als er die Eisenbahnstrecke und kurz darauf die Rur überquerte. Heute sind es eben die Holländer, die Nideggen besuchen und die Restaurants füllen. Unsinn, korrigierte er sich, denn es war kein einziges holländisches Autokennzeichen zu sehen. Beckerts rief seine Gedanken zur Ordnung. Was sollen diese Assoziationsketten? Über die Einsamkeit hinweg helfen, ihn beschäftigen? Das schien ihm sinnlos, eine sinnlose Beschäftigung, die zu nichts Konkretem führte.

Aber warum eigentlich nicht, dachte er kurze Zeit später, als er die Höhe von Nideggen erreicht hatte. In seiner Ausbildung war er mal auf eine therapeutische Technik gestoßen, die sich „katathymes Bilderleben" nannte. Da durfte man als einer Art geistiger Disziplin die Gedanken aneinanderreihen, assoziieren. Warum sollte er nicht seinen Gedanken freien Lauf lassen? Autofahren ist keine so komplexe Tätigkeit, dass ich mich in Gefahr begebe, überlegte er.

Der Regen hatte aufgehört, von der Höhe konnte man weit über die Kölner Bucht sehen. Dort vorne musste Köln liegen, weiter rechts war das Siebengebirge zu erahnen, der Höhenzug der Ville. Da liegt das Phantasialand, ging ihm durch den Kopf. Das Land der Fantasie. Wie wäre es, wenn sein ganzes Leben ein Phantasie-Land wäre? Ein zweckfreies Verbringen von Lebenszeit.

Das echte Phantasialand, den Freizeitpark, kannte er auch aus seiner Kindheit. Da braucht es keine Fantasie, keine Kreativität. Alles ist fertig, steht da, bereit zum Gebrauch. Hier zu träumen hieße, das Eintrittsgeld nicht auszunützen. Eine Fahrt auf der Wildwasserbahn, als Kind hatte er das geliebt, heute schien ihm das nur eine Art Ersatz für das echte Leben zu sein. Die elektronische Show ersetzt das echte Theater, die reinigende Wirkung des klassischen Dramas. Katharsis, überlegte er, heißt hier nicht wie bei Aristoteles Reinigung, sondern Ernüchterung. Nein, das würde er sich nicht mehr antun. Aber es war doch so schön! Der Nervenkitzel auf der Achterbahn, die Casa Magnetica, ob es die noch gab? Dann eine Fahrt mit den Wikingerbooten! Und Eis, Eis! Danach Fritten und eine Coca Cola. Schön! So war es, das Land der Fantasie. Beckerts Land. Grenz-Land.

Ein heller Lichtblitz im Rückspiegel traf Beckerts und riss ihn aus seinen Träumereien. Die Tachonadel stand bei 30 und der wütende Fahrer eines silbergrauen Mercedes, der jetzt neben ihm auftauchte, drohte Beckerts mit erhobener Faust, machte ihm klar, dass er kaum noch fuhr, fast stand.

Beckerts gab Gas und ließ die Erinnerungen an das Phantasialand hinter sich. Matthias, der Träumer. Deine Gedanken kreisen nur um dich selbst - Angelas Worte hallten noch eine Weile in ihm nach.

An der Stelle, wo die Bundesstraße 56 einmündete, musste er anhalten und Militärfahrzeuge passieren lassen. Erst kurz vor Erp konnte er die Kolonne hinter sich lassen. Dann kam die Umgehungsstraße, auf der er zügig vorankam. Vorbei an Lechenich. Nur noch ein paar Kilometer und er würde Schloss Gracht erreicht haben. Was würde Abelardus ihm wohl zu sagen haben? Und wenn er wieder nur Latein spricht? Ob sein Freund Michael Ganser und er mit vereinten Kräften eine Unterhaltung auf Latein zustande brächten?

Um 14.00 Uhr wollte er sich mit seinem Freund in der Eisdiele „Bella Italia" treffen. Diese Eisdiele schien ihm geeignet zu sein, denn sie lag mitten in Liblar, nicht weit vom Schloss Gracht entfernt. Beckerts fuhr langsam die Hauptstraße entlang und fand ohne Schwierigkeiten den kleinen Platz, an dem das „Bella Italia" lag. Ein kleines Stück weiter in der Seitenstraße war ein Parkplatz frei. Trotz seiner langsamen Fahrweise war er eine Viertelstunde zu früh. Er schlenderte ein wenig die Hauptstraße entlang, kam an einem leerstehenden Ladenlokal vorbei.

Durch das Fenster einer Wohnung im Nachbarhaus sah er, wie ein Hamster sich in seinem Laufrad abmühte, wie er mit seinen kleinen Beinen rannte und strampelte und doch nicht von der Stelle kam, sondern nur das Rad schneller und schneller werden ließ, bis er aufgab und sich in einer Ecke seines Käfigs verkroch. Nach einer Pause würde der Hamster wieder versuchen, den aussichtslosen Kampf gegen die Mechanik zu gewinnen, dachte Beckerts. Oder hatte der Hamster Spaß am Sinnlosen? Hatte er ein Ziel gefunden, ähnlich wie Sisyphus? Versuch es weiter, wollte er dem Hamster zurufen, mach weiter, kleiner Sisyphus, vielleicht gelingt dir der Sprung in die gewünschte Dimension! Der Sprung über die Grenze. Grenz-Land.

Beckerts überquerte die Carl-Schurz-Straße und betrat die Eisdiele. Warum sehen diese Eisdielen nur alle ähnlich aus, dachte er. Stühle aus schwarzem Stahlrohr, die Polster rötlich. An der Wand Bänke, die mit beigem Kunstleder bezogen waren. Er setzte sich an einen Tisch, Tischdecken gab es nicht, aber überall kleine Blumenvasen. Es war warm, er hatte sich zu nahe an die Heizung gesetzt, weshalb er sein Jackett öffnete. Außer ihm saß nur noch ein Mann um die Fünfzig im Raum und blätterte in der Zeitung. Früher, dachte Beckerts, hätte er sich die Eiskarte genau angesehen und die verschiedenen Eisbecher verglichen.

Ganser würde pünktlich kommen, das war klar. Es war nicht einfach gewesen, ihn zu überreden, mit zu Abelardus zu kommen. Mit Heilern, erst recht mit Heilern, die den Rosenkranz benutzten, wollte er nichts zu tun haben. Der Rosenkranz, hatte er gesagt, sei ein gutes meditatives Gebet, aber was Beckerts ihm erzählt hatte, das halte er für Magie, für einen Missbrauch des heiligen Rosenkranzes für dunkle magische Zwecke. Ihm als Priester gefalle das ganz und gar nicht. Am Ende hatte er doch zugesagt, aber, wie er betont hatte, um seinem Freund mit seinem Latein zu helfen, nicht, um etwas über die Rosenkranzmagie herauszufinden.

Eine Frau trat an seinen Tisch. „Einen Cappuccino bitte", sagte Beckerts.

Die Frau nickte ihm freundlich zu und rief dann die Bestellung auf Italienisch in Richtung der Theke.

„Wo ist die Toilette?" fragte Beckerts.

„Dort hinten und dann die Treppe herunter."

Beckerts stand auf und ging die recht enge Treppe hinab zur Toilette. Als er wieder oben angekommen war, strahlte ihn Michael Ganser an. Beckerts schaute an ihm vorbei auf die Uhr an der Wand. Wieder hatte es sein manisch pünktlicher Freund geschafft, auf die Minute genau anzukommen, keine Minute zu früh, keine Minute zu spät. Wie immer.

„Du bist wieder mal superpünktlich, Michael", sagte Beckerts mit einer Mischung aus Bewunderung und Vorwurf in der Stimme.

„Ich komme nun mal ungern zu spät", gab Ganser zurück.

„Das ist ja schon zwanghaft, mein Lieber. Pass nur auf, das wird noch schlimm enden!"

Sie setzten sich. Die Bedienung brachte Beckerts Cappuccino, Ganser bestellte das Gleiche. Sein Freund hatte sich betont unpriesterlich angezogen, fiel Beckerts auf, wahrscheinlich wollte er bei dem Unternehmen möglichst nicht als Mann der Kirche erkannt werden.

„Bist du aufgeregt, Matthias?" fragte Ganser unvermittelt.

„Wieso? Sieht man das? Ein bisschen gespannt bin ich schon. Solche Leute wie den Abelardus trifft man nicht alle Tage."

„Du hast am Telefon gesagt, er spricht nur Latein. Weißt du, was das soll?"

„Na ja, er kann Deutsch, klar, aber er will einfach kein Deutsch sprechen. Als ich mit ihm telefoniert habe, hat er auf Latein bestanden, habe ich dir doch erzählt."

„Das hätte ich gerne gehört, wie du dich auf Lateinisch unterhalten hast", flachste Ganser.

„Du wirst bald die Gelegenheit dazu haben, mein lateinisches Gestammel zu hören", gab Beckerts zurück.

Der Mann, der ein paar Tische weiter saß, schaute von seiner Zeitung auf. Es war so still im Raum, dass er wahrscheinlich jedes Wort verstehen konnte, was Beckerts unangenehm war.

Ganser entnahm der Reaktion seines Freundes, dass er leiser sprechen sollte und sagte: „Komischer Kauz, dieser Abelardus, aber wir werden ihn ja gleich kennenlernen."

„Vielleicht gibt er auf Latein etwas Wichtiges preis, etwas vom Kern der Sache. Ich habe das Gefühl, dass wir ganz nah dran sind."

„Ehrlich gesagt, Matthias, ich wäre froh, wenn nichts dran wäre an der ganzen Geschichte. Du kennst ja meine Einstellung. Und du musst dich auch wieder mit anderen Dingen beschäftigen. Übrigens, wie geht es denn Angela?"

Gansers Kaffee kam. Beckerts lächelte verlegen. „Weißt du, keine Ahnung, aber ich habe das Gefühl, es läuft nicht gut zwischen uns. Ich bin eben kein Typ für eine Partnerschaft."

„Also, jetzt hör aber auf", protestierte Ganser, „wenn ich diesen Unsinn höre. Mach keinen Quatsch, so eine Frau wie Angela, die musst du lange suchen. Glaub mir, ich hab da …"

„Erfahrung?" fragte Beckerts spöttisch.

„Komm, sei nicht albern, ich bin Priester und lebe zölibatär, das weißt du doch. Aber ich habe dich noch nie so, wie soll ich sagen, so entspannt gesehen wie in der Zeit, seit du mit Angela befreundet bist. Sie hat einen guten Einfluss auf dich."

„Mag sein. Sie ist … Ja, du hast recht, ich sollte sie vielleicht um Entschuldigung bitten. Aber dann müsste ich ihr alles erzählen und ich habe einfach keine Lust, sie in meine Nachforschungen über die ‚Konst' hineinzuziehen. Sie hält sowieso nichts davon."

„Siehst du", sagte Ganser, aber bevor er seinen Satz fortsetzen konnte, zerriss ein Martinshorn unmittelbar vor der Eisdiele ihr Gespräch.

„Komm, wir gehen zum Schloss", sagte Beckerts, „wir haben noch etwas Zeit, da können wir die Autos hier stehen lassen. Ist ja sowieso nicht weit."

Sie bezahlten und verließen die Eisdiele. Es war zehn Minuten vor drei Uhr. Sie gingen ein kleines Stück die Bahnhofstraße entlang und bogen dann rechts in die Fritz-Erler-Straße. Schon von der Ecke aus konnte man das Schloss sehen. Beckerts wunderte sich über die vielen Menschen, die sich vor der Brücke über den Schlossgraben angesammelt hatten.

Als sie näher kamen, sahen sie durch das geöffnete Tor im Innenhof des Schlosses einen Rettungswagen stehen. Beckerts sah Ganser an. Sie beschleunigten ihren Schritt und gingen auf eine Gruppe von Menschen zu. Aber sie brauchten niemanden zu fragen, denn einer aus der Gruppe sagte eben zu einer älteren Dame: „Da hat sich jemand aus dem Fenster geworfen."

„Ein Hotelgast?" fragte die Dame.

„Nein, nein, kein Gast, der Gärtner."

Beckerts bahnte sich einen Weg durch die Schaulustigen, Ganser folgte ihm. Ein Polizist stellte sich ihnen in den Weg. „Sie können da nicht rein", sagte er ruhig.

Ganser schob sich nach vorne und rief: „Ich bin Priester, lassen Sie uns bitte durch. Der Herr hier neben mir ist Arzt."

Ohne Zögern gab der Polizist den Weg frei. Beckerts und Ganser gingen rasch durch den Innenhof auf eine Gruppe von Menschen zu, die in einem Oval zusammen stand. In der Mitte dieses Ovals lag mit schmerzverzerrten Zügen und mit bizarr verdrehtem Hals ein alter Mann. Zwei Rettungssanitäter notierten, was ihnen eine vor Aufregung zitternde Frau sagte: „Er hat sich aus dem Fenster gestürzt, sein Zimmer ist direkt hier oben drüber."

Ganser drängte sich durch und kniete sich neben den Toten. Er sprach leise ein Gebet und segnete ihn. Die mit der „Konst", die können nicht schön sterben - Beckerts erinnerte sich genau an die betrübte Miene, mit der Frau Schmidt diesen Satz zu ihm gesagt hatte. Er gab sich einen Ruck, wandte sich an einen der Rettungssanitäter und fragte, ob schon ein Arzt da gewesen sei.

„Natürlich", antwortete dieser. „Ein Arzt hat uns ja alarmiert, ein HNO-Arzt, der seine Praxis direkt da drüben hat. Aber da braucht es eigentlich keinen Arzt, der Herr Küppers ist tot, einen Sturz kopfüber aus der Höhe auf das harte Pflaster, das überlebt keiner, der Arzt steht noch da drüben, aber da war nichts mehr zu machen."

Beckerts bedankte sich und schaute nach oben. Ein Fenster direkt über ihm stand weit offen. Dort musste das Zimmer sein. Er hätte gerne ein paar Worte mit Ganser gesprochen, aber der war beschäftigt. Er hatte sich wieder erhoben, stand mit gefalteten Händen vor dem Toten und sprach stumm ein Gebet, wobei er die Lippen bewegte.

Die Umstehenden, mochten es Schaulustige aus dem Ort oder Hotelgäste sein, respektierten die besondere Situation und schwiegen für einige Zeit, bis Ganser erneut ein Kreuzzeichen über dem Toten gemacht hatte. Ganser entfernte sich ohne Eile von dem Toten, dann bückte sich, als ob er etwas aufheben wollte, und verschwand zwischen den Umstehenden.

Sofort setzte wieder geschäftiges Gemurmel ein, Vermutungen wurden ausgetauscht, Notizen gemacht, jemand fotografierte verstohlen mit seinem Handy.

Drei Männer fuchtelten mit den Händen in der Luft herum. Sie schauten zu dem offen stehenden Fenster hinauf. Wie um den Verlauf des Sturzes nachzuzeichnen, zog einer der Männer mit ausgestrecktem Arm die Fallstrecke in der Luft nach, was Beckerts etwas befremdete, weil er nicht glaubte, dass es auch nur einen geringen Zweifel an der Fallhöhe oder der Fallrichtung geben könnte. Die Bemühungen der Männer kamen ihm lächerlich vor, obwohl ihn die gesamte Situation alles andere als komisch berührte.

In diesem Augenblick machte ein anderer der Männer eine Handbewegung, für die er auch seine andere Hand zur Hilfe nahm. Die Bewegung kam einem Rollen gleich, einem Abrollen. Für Beckerts waren die pantomimischen Zeichen des Mannes völlig klar: Abelardus hatte sich aus dem Fenster gestürzt, war mit der Schädeldecke zuerst aufgeprallt und dann über das Genick abgerollt. Die Wucht des Aufpralls musste seinen Schädel zertrümmert und sein Genick gebrochen haben, was aus der unnatürlich verdrehten Lage des Körpers folgte.

Ganser trat neben ihn. „Was muss in dem armen Kerl abgelaufen sein?" sagte er, „und warum hat er nicht gewartet, bis du da warst?"

Beckerts war noch mit der Rekonstruktion des Sturzes beschäftigt. Dann sagte er, ohne auf Gansers Bemerkung einzugehen: „Und er hätte mir alles erklären können: Wahrscheinlich hat er mich doch deshalb kommen lassen."

„Ja, Matthias, sieht so aus, als ob dieser Todessturz dir sagen will, dass du besser alle Hoffnung begräbst, hinter das Geheimnis zu kommen."

Beckerts stutzte. Es war das erste Mal, dass Ganser die merkwürdigen Heilungen als Geheimnis bezeichnet hatte. Dachte er jetzt auch anders über die „Konst"? Hatte er seine nüchterne Ablehnung aufgegeben? Doch Beckerts verspürte keine Lust zu reden, seine Gedanken kreisten schnell wieder um Abelardus, der dort auf dem Pflaster lag, weil er seinem Leben ein Ende gesetzt hatte.

Auch Ganser schwieg und ließ den Blick über die Schlossanlage schweifen. Über die Mauer der Vorburg, wo er eine Bronzetafel sah, die das Konterfei eines bärtigen Mannes zeigte, der Karl Marx nicht unähnlich sah. Darunter erklärten ein paar Zeilen, um wen es sich bei dem Abgebildeten handelte. Ganser konnte von seinem Standpunkt aus die Worte nicht lesen, offenbar interessierte es ihn nicht weiter, was es mit diesem Carl Schurz auf sich hatte, denn er trat nicht näher, sondern blickte weiter umher, wobei er sich gemächlich um die eigene Achse dreht.

Nach einer Weile stieß Ganser Beckerts leicht mit dem Ellenbogen an. „Guck mal, was ich gefunden habe", sagte er und reichte Beckerts einen zerknüllten Zettel.

Mit kleiner Schrift, aber deutlich lesbar, stand darauf ein einziger Satz:

„*Versate me, martyr vocat; vorate, si coctum, iubet.*"

"Latein, das kann nur Abelardus geschrieben haben", meinte Beckerts.

„Lag auf dem Boden neben ihm, ich habe es aufgehoben. Es sieht so aus, als ob den Zettel bei seinem Sturz in der Hand gehabt hat", sagte Ganser, „zeig her, das werden wir doch noch übersetzt bekommen!"

„Dreht mich um, ruft der Märtyrer, steht da", fing Beckerts an, „der Anfang ist einfach. Und dann: Esst, verlangt er, aber da fehlt was, dieses *si coctum est* fehlt noch."

„Gekocht heißt das, also ‚wenn es gekocht ist' oder ‚wenn es gar ist'", ergänzte Ganser und fasste zusammen:

162

„Dreht mich um, ruft der Märtyrer, und wenn es gar ist, verlangt er, dann esst es!"

„Der heilige Laurentius, der Märtyrer, der, als er verbrannt wird, seine Peiniger verspottet! Klar, Abelardus wollte mir einen kleinen Tipp geben, einen Hinweis auf den heiligen Laurentius, von dem ja auch schon der Herr Tautges gesprochen hat."

Beckerts schüttelte den Kopf, Ganser schwieg. Dann sahen sie, dass die Frau, die anfangs zitternd den Rettungssanitätern Auskunft gegeben hatte, regungslos vor der Leiche stand und sich den Kopf mit beiden Händen hielt, als könne sie nicht fassen, dass ein Mensch auf diese Weise sterben konnte.

Diese Frau gehört sicher zum Personal hier, überlegte Beckerts, vielleicht weiß sie, wo ich die Verwalterin finden kann. Er ging auf die Frau zu, Ganser folgte ihm.

„Entschuldigen Sie bitte", sagte er, „wissen Sie vielleicht, wo ich Frau Breuers-Valtinke finden kann?"

Erst mit einiger Verzögerung reagierte die Frau: „Ja?"

„Mein Name ist Beckerts, Doktor Matthias Beckerts, ich habe am Samstag mit Frau Breuers-Valtinke gesprochen."

„Sie? Sie sind Doktor Beckerts?" fragte sie verwundert, „Frau Breuers-Valtinke, das bin ich. Aber

Sie können nicht Doktor Beckerts sein, denn vor etwa einer Stunde war schon jemand hier, der sich mit diesem Namen vorgestellt hat."

Beckerts sah sie fassungslos an. Dann sagte er: „Aber, wie ist das möglich? Wann war das? Wer hat sich als Beckerts vorgestellt?"

„Ein Herr, etwas älter als Sie. Er hat behauptet, er habe mit Herrn Küppers telefoniert. Er habe einen Termin mit dem Gärtner, hat er gesagt."

Bei der Erwähnung des Namens des vor ihr liegenden Toten musste sie ein Schluchzen unterdrücken.

„Der Herr Küppers", fuhr sie fort, „ich, nein, wir alle hier haben ihn kaum gekannt. Aber jetzt, wo er da liegt, tot, mein Gott, ein Mensch nimmt sich das Leben, hier in unserem Schloss. Mein Gott, so ein Unglück, das wird in die Presse kommen, so etwas ist hier noch nie vorgekommen. Was wollten Sie denn noch mal von ihm? Und wer ist dieser Herr hier?" Sie deutete auf Ganser.

„Das ist Pfarrer Ganser aus Köln-Klettenberg. Er hat den Toten, also Herrn Küppers gekannt."

Ganser überging die kleine Lüge seines Freundes und fragte:

„Haben Sie den Mann, der sich als Doktor Beckerts ausgegeben hat, denn schon einmal gesehen?"

Frau Breuers-Valtinke winkte ab. Ganser fuhr fort: „Sagt Ihnen denn der Name Hattingberg etwas?"

„Hattingberg? Hattingberg?" wiederholte Frau Breuers-Valtinke, „ich bin mir nicht sicher, aber als Herr Küppers aus dem Fenster gestürzt ist, hat er etwas geschrieen. Ich habe das nicht verstanden, habe ich schon dem Mann von der Polizei oder Kripo gesagt. Aber jetzt, wo Sie das sagen, also kann sein, dass der Herr Küppers Hattingberg gerufen hat. Ich glaube, das muss ich dem Mann von der Kripo noch sagen."

„Können wir denn einmal das Zimmer des Toten sehen?" fragte Beckerts.

„Meinetwegen", sagte Frau Breuers-Valtinke, „aber da sind im Moment die von der Kripo, wahrscheinlich suchen die einen Abschiedsbrief oder nach sonst einer Erklärung für den Selbstmord oder für den, sag ich mal, mysteriösen Tod unseres Herrn Küppers. Da dürfen wir jetzt nicht rein."

Die Verwalterin sprach jetzt ruhiger, sie schien sich wieder gefasst zu haben. Mysteriöser Tod, überlegte Beckerts, ob sie damit andeuten wollte, dass sie jetzt mehr hinter dem Tod von Abelardus vermutete als einen Selbstmord?

Es begann zu regnen, als Frau Breuers-Valtinke Beckerts und Ganser in ihre Privatwohnung hinter der Rezeption bat.

„Kommen Sie, ich lass uns einen Kaffee bringen." Die beiden Freunde gingen ihr hinterher. In einem Salon mit dicken Ledersesseln nahmen sie Platz, während Frau Breuers-Valtinke sich entschuldigte, um den Kaffee zu bestellen. Beckerts versuchte gleichmäßig zu atmen und sich zu entspannen. Nach einer Weile sagte Ganser: „Du, Matthias, glaubst du, dass Hattingberg so weit geht, dass er…"

„Ach, was ich glaube, ist doch völlig unwichtig. Fest steht, dass er der letzte war, der Abelardus lebend gesehen hat. Ich werde ihn zur Rede stellen. Mir ist nur schleierhaft, woher er wusste, dass ich mich mit Abelardus treffen wollte. Den Tag muss er gewusst haben, sogar die genaue Uhrzeit!"

„Sei vorsichtig, Matthias", warnte Ganser, „vielleicht ist dieser Hattingberg skrupelloser, als du denkst. Jedenfalls ist für mich die ganze Sache nicht so eindeutig, wie die Polizisten das offensichtlich meinen."

„Sollen wir ihnen sagen, was wir wissen? Aber was können wir ihnen denn schon sagen? Dass da ein geheimnisvoller Heiler von einem Konkurrenten aus dem Weg geräumt worden ist, dass wir aber keine Ahnung haben, warum eigentlich? Wir wissen doch nichts Genaues. Ich weiß nicht recht…"

Frau Breuers-Valtinke betrat den Salon und hielt einen wattierten Umschlag in der Hand. Sie setzte sich und hielt Beckerts das Päckchen hin. Dann sagte sie: „Also, ich habe nachgedacht, ich weiß nicht genau, wen oder was Herr Küppers gemeint hat, aber als er mir dieses Päckchen vor ein paar Monaten gegeben hat, da hat er gesagt, ich solle es, wenn er mal nicht mehr da sein wird, jemandem geben, dem ich es anvertrauen möchte. Und da Sie, Herr Beckerts, der einzige sind, mit dem er sprechen wollte, nehme ich an, dass er nichts dagegen gehabt hätte, wenn Sie es an sich nehmen."

Beckerts nahm den dicken Umschlag, öffnete ihn und holte eine Art Kladde hervor, die Aufschrift „De Arte adhibenda" trug - „Über die Anwendung der Kunst'". Beckerts schlug die Kladde auf, merkte, wie seine Hände anfingen zu zittern, und versuchte, dieses Zittern zu unterdrücken.

Wie erwartet war das Heft in Latein geschrieben, in sauberer, leicht nach links geneigter Handschrift. Er schlug die Kladde zu, steckte sie wieder in den wattierten Umschlag und legte das Päckchen auf den Tisch.

„Hat Abelardus noch etwas dazu gesagt?" fragte er Frau Breuers-Valtinke.

„Abelardus? Was ist das denn für ein Name, welcher Abelardus?"

Ein junges Mädchen brachte Kaffee und Tassen, stellte alles auf dem recht eleganten Couchtisch ab.

„Danke, Schatz", sagte Frau Breuers-Valtinke zu dem Mädchen, das offensichtlich ihre Tochter war. Das Mädchen verließ den Salon und eine erwartungsvolle Stille setzte ein.

„Frau Breuers-Valtinke", sagte Ganser endlich, „Ihr Herr Küppers hat früher vielleicht mal Küppers geheißen, Gärtner jedenfalls war er nicht. Er war Prämonstratensermönch und Abelardus war sein Ordensname, Pater Abelardus. Er musste allerdings den Orden verlassen, weil…"

„Hören Sie auf, hören Sie auf, ich will das alles gar nicht wissen. Nehmen Sie das Päckchen und lassen Sie die Sache gut sein."

Beckerts und Ganser machten Anstalten zu gehen, aber Frau Breuers-Valtinke hielt sie zurück: „Nein, bitte entschuldigen Sie. Bitte trinken Sie Ihren Kaffee in Ruhe aus. Ich bin einfach etwas erregt. Diese ganze Geschichte könnte sich negativ auf unseren Hotel- und Eventbetrieb auswirken, verstehen Sie?"

„Ja natürlich, Frau Breuers-Valtinke", sagte Ganser, „wir haben volles Verständnis für Ihre Situation."

Beckerts wunderte sich, wie charmant Ganser an der Wahrheit entlang log ohne zu erröten. Eine Fähigkeit, die ihm selbst, solange er denken konnte, immer gefehlt hatte. Dann griff er ein und sagte:

„Frau Breuers-Valtinke, am Telefon sagten Sie mir, außer mir hätte nur ein einziges Mal jemand nach Abelardus verlangt. Erinnern Sie sich? Kann das nicht dieser Hattingberg gewesen sein, der sich heute mit falschem Namen vorgestellt hat?"

„Kann sein, möglich ist das. Aber, wissen Sie, das ist ja nun doch schon eine Weile her und bei den vielen Gästen, mit denen ich ständig zu tun habe, nein, also möglich ist es, aber mit Sicherheit kann ich das nicht sagen. Den Rest kennen Sie ja. Herr Küppers hat es abgelehnt, mit ihm zu sprechen, das habe ich so weitergegeben und er hat sich nicht wieder gemeldet."

Beckerts zweifelte nicht, dass Hattingberg hinter all dem steckte. Der spielt ein böses Spiel, dachte er, wenn er so viel Energie in diese Sache steckt, warum soll er Abelardus nicht aus dem Fenster gestoßen haben? Doch aus welchem Grund? Beckerts zwang sich, das Grübeln zu beenden. Er wollte gehen. Deshalb trank er seinen Kaffee aus und sah zu Ganser herüber. Der verstand sofort, erhob sich und sagte: „Frau Breuers-Valtinke, ich hoffe, Sie werden nicht allzu viele Unannehmlichkeiten wegen dieser tragischen Geschichte haben. Vielen Dank für den Kaffee!"

Beckerts nahm das Päckchen, das vor ihm auf dem Tisch lag, und verabschiedete sich.

Frau Breuers-Valtinke begleitete die beiden bis zum Tor, der Innenhof war inzwischen leer, die Leiche offenbar schon abtransportiert worden. Es hatte aufgehört zu regnen.

„Willst du dabei sein, wenn ich Hattingberg zur Rede stelle?" fragte Beckerts seinen Freund.

„Ich weiß nicht, eigentlich nicht", gab Ganser zur Antwort, „vielleicht fühlt er sich in die Enge getrieben, so von Kollege zu Kollege, da blockt er vielleicht nicht so schnell ab. Das solltest du besser alleine mache. Übrigens, da steht mein Auto, ich rufe dich an, dann kannst du mir ja sagen, was bei dem Gespräch mit Hattingberg herausgekommen ist."

Ganser schloss seinen Wagen auf und setzte sich. Er wollte sich schon verabschieden, als Beckerts ihm die Hand auf die Schulter legte und ihn ernst ansah.

„Hier, das Päckchen, nimm du es", sagte Beckerts, es ist besser, wenn du es hast, ich will es nicht."

„Matthias, du bist verrückt, soll das etwa heißen, du willst es gar nicht lesen?"

„Ich kann das jetzt einfach nicht, das würde mich total durcheinander bringen. Morgen muss ich ja wieder zum Dienst, ich muss sehen, dass ich irgendwie wieder als Arzt funktioniere."

Ganser nahm das Päckchen und betrachtete es. Als er aufblickte, hatte sich Beckerts schon entfernt und sich auf den Weg zu seinem Auto gemacht.

Wieder setzte leichter Regen ein. Trotzdem ging Beckerts nur langsam durch den Ort, versuchte sich abzulenken. Als er bei dem kleinen Hamster vorbei kam, der wieder das Laufrad in Bewegung hielt, sagte er leise: „Tschüss, kleiner Sisyphus."

XIII

Die Frage

„Doch der Unselige…"

Mittwochmorgen, zehn Uhr. Matthias Beckerts war erst gegen Morgen eingeschlafen. Seine Gedanken waren um Hattingberg gekreist und die Vorstellung, den bloßen Gedanken daran, dass Abelardus nicht freiwillig aus dem Leben geschieden sein könnte, hatte ihn nicht losgelassen. Er hatte immer wieder versucht, die Situation zu rekonstruieren: Hattingberg erfährt von seiner Verabredung mit Abelardus, ist von jemand darüber informiert worden. Von wem? Von Angela, weil sie sich so über Beckerts geärgert hatte? Nein, Beckerts schob diesen Gedanken wieder beiseite. Aber irgendjemand musste es ihm doch gesteckt haben! Dann geht Hattingberg ins Schloss Gracht, stellt sich der ahnungslosen Frau Breuers-Valtinke mit falschem Namen vor und stößt Abelardus aus dem Fenster. Je länger er darüber nachdachte, desto klarer wurde ihm, dass er mehr Fragen als Antworten hatte.

„Morjen, Herr Doktor, wieder fit?" rief ihm der alte Smeets zu. Beckerts nickte und zwang sich zu einem Lächeln. Dann ging er weiter zur Treppe, nahm die sechsundfünfzig Stufen zum ersten Stock, in dem sich das Arztzimmer befand, und verlangsamte seinen Schritt, um noch ein wenig Zeit zu gewinnen.

Hattingberg würde im Arztzimmer sitzen. Sollte er ihn erst begrüßen und zwei oder drei banale Sätze wechseln oder sollte er direkt mit der Tür ins Haus fallen?

Beckerts war gerade am Arztzimmer angelangt und wollte die Tür öffnen, als die Tür von innen aufgerissen wurde und Hattingberg vor ihm stand. Er schien nicht überrascht, Beckerts zu sehen, und sagte: „Ich habe Sie erwartet, Beckerts, ich habe mit Ihnen gerechnet."

Beckerts schwieg, trat ein und zog die Tür hinter sich zu. Hattingberg setzte sich auf den Schreibtischstuhl, über dem die orangefarbene Notarzt-Jacke hing, und drehte sich mit dem Stuhl

Beckerts zu, der es vorzog stehenzubleiben und sofort zur Sache kam: „Was haben Sie gestern in Liblar in Schloss Gracht gemacht?"

Hattingberg antwortete ruhig und ohne Umschweife: „ Ich war bei Abelardus, das wissen Sie doch."

„Und wieso am selben Tag wie wir, wie ich?"

„Ich bin Ihnen von Monschau aus gefolgt. War ja wirklich kein Problem, Ihr Tempo beizuhalten. Allerdings hatte ich hier und da das Gefühl, als träumten Sie beim Fahren. Sie sollten mehr Acht geben, sonst passiert Ihnen noch mal was."

„Wie dem armen Abelardus?" fragte Beckerts höhnisch.

„Ich bin Ihnen bis Liblar gefolgt, und als ich gesehen habe, dass Sie in diese Eisdiele gegangen sind, da habe ich meine Chance gesehen, Abelardus wieder zu sehen. Ich hatte ja noch genug Zeit, weil Sie so früh dran waren."

„Und woher wussten Sie überhaupt von meiner Verabredung?"

„Ja, es gibt da Möglichkeiten, wissen Sie, in einem Krankenhaus wie dem unseren, da kann man schon ans Ziel zu kommen. Also, ich will es mal so sagen, manchmal muss man halt kreativ sein und sich was einfallen lassen."

„Zum Beispiel Kollegen etwas in den Tee geben, damit Sie sich zu Tode stürzen?!"

„Beckerts, das mit dem Tee und Ihrem Unfall tut mir leid, wirklich. Jeder andere wäre auf der Stelle eingeschlafen von dem Zeugs, das Sie da eingeflößt bekommen haben. Die Wirkung ist gut dokumentiert. Ich war das übrigens nicht selber."

„Ich weiß", sagte Beckerts, „die Leute, die Sie bezahlt haben, haben nämlich nicht dicht gehalten."

„Na ja, wie dem auch sei. Jeder andere wäre von dem Mittel weggedöst und hätte ein paar wirre Träume gehabt. Aber Sie, Beckerts, Sie turnen da rum und randalieren wie ein Besessener. Es muss sich um eine bislang nicht untersuchte Nebenwirkung handeln, Sie sollten sich mal zu Versuchszwecken zur Verfügung stellen."

Bei seinem letzten Satz lachte Hattingberg. Er rechnete offensichtlich damit, dass sein Versuch, Humor zu versprühen, Beckerts beeindrucken würde.

Doch Beckerts blieb ernst und insistierte: „Wer hat Ihnen von meiner Verabredung mit Abelardus erzählt?"

„Sagen wir mal so: Wenn Sie wollen, dass niemand mithört, wenn Sie telefonieren, dann dürfen Sie nicht hier im Krankenhaus telefonieren."

Beckerts merkte, dass er in diesem Punkt nicht weiter kommen würde, und entschloss sich zu einem direkten Angriff: Sie haben Abelardus umgebracht, Hattingberg!"

„Nein, nein, mein Gott, Beckerts! Seien Sie doch vernünftig!" sagte Hattingberg und Beckerts hatte den Eindruck, dass er zum ersten Mal unruhig wurde. „Beckerts, glauben Sie mir. Ich weiß ja nicht genau, wie viel Sie wissen, aber Sie sind vielleicht der einzige, der mir glaubt, dass ich den Tod des Abelardus nicht verschuldet habe."

„Ich wollte mich gestern um drei mit Abelardus treffen. Dann sind Sie dazwischen gekommen, waren sogar in seinem Zimmer, als er aus dem Fenster gefallen ist, und jetzt behaupten Sie, Sie hätten seinen Tod nicht verschuldet. Das soll die Kripo Ihnen glauben?"

„Wenn das so wäre, Beckerts, dann müsste ich Sie jetzt aus dem Weg räumen. Nein, hören Sie doch auf, ich werde versuchen, Ihnen alles zu erklären. Ja, mag sein, dass ich nicht völlig unschuldig an seinem Tod bin, aber ich habe ihn um Gotteswillen nicht aus dem Fenster gestürzt. Er hat es selbst getan."

„Glaube ich nicht", sagte Beckerts knapp.

„Seien Sie doch vernünftig, mein Gott, Beckerts, bitte. Hören Sie erst mal zu. Ich bin genauso hinter dem Geheimnis her wie Sie. Als Sie in dem Gasthaus

177

saßen, wollte ich die Zeit ausnützen, um Abelardus einzuschüchtern, damit er Ihnen nichts preisgibt, Ihnen nicht erzählt, dass Abelardus und ich eine Weile zusammen an einem Krankenhaus tätig gewesen sind. Das ist jetzt schon ein paar Jahre her, in Wuppertal war das."

„Ich weiß", sagte Beckerts.

„Hoppla, Sie wissen ja eine ganze Menge", rief Hattingberg.

„Ja, und noch einiges mehr!" konterte Beckerts und wunderte sich selbst, wie scharf seine Stimme klang: „So, Hattingberg, zur Sache! Wieso ist Abelardus aus dem Fenster gestürzt?"

„Ich bin in sein Zimmer gekommen. Er hat mich direkt erkannt und mich sofort unfreundlich angesehen, nein, nicht unfreundlich, sondern mit diesem hasserfüllten Blick, den ich schon von früher von ihm kannte. ‚Sie werden es nie erfahren', fuhr er mich an und meinte natürlich die Heilkunst. Beckerts, ich sage Ihnen, seit meiner Studienzeit bin ich hinter der Sache her und jetzt saß dieser Abelardus vor mir und blockte wieder total ab. So war es schon damals in Wuppertal und so war es auch gestern in Schloss Gracht, er ließ sich nicht erweichen. Er hat mich gehasst, angeschrien hat er mich gestern, skrupellos sei ich, jemand, der mit allen Mitteln hinter sein Geheimnis kommen wollte, der würde bestimmt

178

nichts von ihm erfahren. ‚Ich habe einen Weg, Ihr Leben zu zerstören‘, sagte er plötzlich leise und mit einem Satz stand er im Fensterrahmen und sprang in den Tod. So ist es gewesen, Beckerts, glauben Sie mir, einen Menschen töten, das kann ich nicht.“

Seine Stimme war immer unsicherer geworden, fast zittrig und Beckerts empfand plötzlich so etwas wie Mitleid für sein Gegenüber. Aber konnte er sicher sein, dass Hattingbergs Version des Geschehens der Wahrheit entsprach? Plausibel klang es, ein Mörder schien Hattingberg nicht gerade zu sein. Er klang, ging es Beckerts durch den Kopf, nicht wie jemand, der kaltblütig bis zum Äußersten ging. Warum hätte er es tun sollen? Warum hätte er Beckerts damit belasten sollen?

Beckerts sah Hattingberg in die Augen und fragte: „Und die gemeinsame Zeit am Krankenhaus in Wuppertal? Was war da?“

Seine Stimme klang milder, weniger fordernd, und auch Hattingberg wirkte nun etwas weniger angespannt: „In Wuppertal, ja die Zeit in Wuppertal. Da haben wir Heilungen gehabt, das heißt, Abelardus hat sie eingeleitet und ich habe die Lorbeeren geerntet, zuerst. War kein Problem, bis, ja bis … also, Mensch Beckerts, das müssen Sie doch verstehen als Arzt … bis ich dahinter kommen wollte, was er eigentlich mit den zum Teil sehr schlimmen Fällen gemacht hat. Verbrennungen, wissen Sie, aufgrund derer wir den Patienten schon aufgegeben hatten, hoffnungslos, einen hat er behandelt und danach galt sein Zustand nur noch als kritisch, nicht mehr als final."

„Was hat Abelardus denn so gegen Sie aufgebracht?" unterbrach Beckerts.

„Er hat geheilt und ich wollte eine Abhandlung darüber schreiben, als die große Koryphäe gelten, der Mann, der die Heilkunst revolutioniert hat. Ich habe ihn angefleht, ihm Geld geboten, ihn bekniet. Nichts. Dann habe ich es mit anderen Mitteln versucht, diversen Drogen. Das hat er mir nie verziehen, nie. Und geholfen hat es auch nichts, ich habe einfach nicht erfahren, was Abelardus mit den Kranken gemacht hat. Er war auf der Hut, wir gingen zusammen zu den Patienten, aber wenn er seine Heilkunst angewendet hat, dann war ich selten in der Nähe, geschweige denn dabei. Das hat er nicht zugelassen. Dann habe ich die Patienten ausgehorcht oder ich wollte Sie aushorchen, aber als Abelardus das erfahren hat, da ist es zum Bruch gekommen. Und als ich vor Fachkollegen von Wunderheilungen, einmal sogar von Gesundbeten gesprochen habe, da war meine Entlassung aus Wuppertal nur noch eine Frage der Zeit. Gesundbeten, so etwas war sogar am katholischen Krankenhaus oder gerade am katholischen Krankenhaus Wuppertal ein Tabu, ein Sakrileg, das geahndet werden musste. Ausgerechnet nach Monschau bin ich dann gekommen, ich wusste, dass ich hier weiter forschen könnte, weil in Kalterherberg … aber das wissen Sie ja selbst."

„Soll das heißen, dass Sie trotz der Zusammenarbeit mit Abelardus nicht tiefer in die ‚Konst' eindringen konnten?" fragte Beckerts.

„Ja, leider. Mein halbes Leben bin ich dem Geheimnis dieser Geistheilungen, oder wie Sie das nennen wollen, nachgejagt und ich vermute, dass Sie, Beckerts, schon genau so viel wissen wie ich."

Hattingberg sah verzweifelt aus und diese Verzweifelung, so schien es Beckerts, war nicht gespielt. Er verbarg sein Gesicht mit beiden Händen. Weinte er? Hattingberg weinte. Der stets korrekte, distanzierte, kühle Hattingberg weinte.

„Beckerts", sagte er, „das klingt jetzt vielleicht dramatisch, aber ich gäbe meine Seele dafür hin. Tausche Seele gegen geheimnisvolles Wissen. In alten Geschichten gibt es so etwas doch. Aber, ehrlich, ich weiß doch, wir wissen doch, was das für die Medizin bedeuten würde!"

„Und Sie würden berühmt werden."

„Ruhm, Ruhm, Ruhm. Interessiert mich nicht mehr. Ich will wissen, was da abläuft. Ich will nicht glauben, ich will wissen!"

181

In dem Punkt, ging Beckerts durch den Kopf, denkt Hattingberg wie ich, er ist aus dem gleichen Grund auf der Suche wie ich. Er schaute den auf dem Schreibtischstuhl sitzenden Kollegen schweigend an. Sollte er Hattingberg von den Aufzeichnungen des Abelardus erzählen, die er seinem Freund Michael Ganser überlassen hatte? Ein bizarres Bild, das der Zufall zusammengestellt zu haben schien, hielt ihn davon ab: Hattingberg saß da, in sich zusammen-gesunken, ein Bild des Elends, die orangefarbene Notarztjacke über der Rückenlehne schien ihn von hinten zu umklammern. Bizarr erschien Beckerts vor allem, dass der linke Teil der Jacke sozusagen als tragikomische Beschreibung dessen, der da vor ihm saß, die Aufschrift freigab: Not-Arzt.

XIV

Die Rückkehr

„…voller Sorg um den zarten Gefährten…"

Den Rest der Woche hatte Matthias Beckerts Dienst. Die Arbeit machte ihm Mühe, hatte aber den Vorteil, dass er dadurch abgelenkt war.

Am Wochenende saß er in seiner Wohnung aufrecht im Bett und blätterte im SPIEGEL. Wieder einmal war er mit der Lektüre der Hefte Wochen im Rückstand. Er verglich das Erscheinungsdatum der Ausgabe, die er gerade in den Händen hielt, lieber nicht mit dem Datum dieses Samstagmorgens, denn hätte er das getan, hätte er erkennen müssen, dass er den Wettlauf mit der Aktualität verloren hatte.

Was diese Ausgabe ihm noch zu bieten hatte, lag so weit zurück, dass es ihm kaum noch Bezug zur Wirklichkeit zu haben schien. Außer natürlich der „Wirklichkeit" der Hochglanzwelt, der Welt der maßgeschneiderten Hemden, der teuren Schreibgeräte, der Automobile, die die Werbung anpries. Die Skandale und Auseinandersetzungen zwischen den Politikern, von denen da berichtet wurde, waren schon irgendwie entrückt, unwirklich.

Es klingelte an der Tür. Beckerts brauchte eine Weile, bis er begriff, dass ganz offensichtlich jemand schon so früh zu ihm wollte. Die Post konnte es nicht sein, die kam später, außerdem klingelte der Briefbote intensiver, offizieller, beharrlicher.

Er stand auf und ging zur Tür. Den SPIEGEL hielt er noch in der Hand, als ob er damit lästige Besucher wie Fliegen verjagen könnte. Aber wie sollte er dem Besucher entgegentreten? Er trug nur Boxershorts und T-Shirt. Vor der Tür blieb er einen Augenblick stehen und kratzte sich am Hinterkopf. Das erneute Klingeln ärgerte ihn so sehr, dass es fast wütend klang, als er „Ja! Ja! Wer ist denn da?" rief.

„Mensch Matthias, nun mach schon auf!" rief Angela ungeduldig.

„Du?" fragte er überrascht, als Angela vor ihm stand.

„Ja, ich!" sagte sie selbstbewusst, ging an ihm vorbei und ließ ihn an der Tür stehen. „Ich mach' uns Tee, Matthias", sagte sie, „wie ich dich kenne, bist du gerade erst wach geworden. Leg dich wieder hin, ich mach das schon. Oder soll ich wieder gehen", fügte sie hinzu, als sie sah, dass Beckerts immer noch in der geöffneten Tür stand.

Ohne ein Wort zu sagen, gehorchte er und ging zu seinem aufgewühlten Bett zurück. Er hob seine vor dem Bett unachtsam abgelegte Kleidung auf und warf sie – nicht weniger unachtsam – auf den Korbsessel neben dem Bett. Dann setzte er sich auf die Bettkante, noch immer unschlüssig, ob er Angelas Angebot annehmen sollte. Doch Angelas Geschäftigkeit überzeugte ihn, so dass er sich zurück fallen ließ und endlich wieder im Bett lag. Den SPIEGEL ließ er neben sich auf den Fußboden gleiten, wo er jetzt den Platz einnahm, auf dem vor wenigen Sekunden noch seine Hose, sein Hemd und seine Socken gelegen hatten.

Er zog die Bettdecke bis zum Kinn hoch und beobachtete, wie Angela Wasser aufsetzte und zwei der zahlreichen Tassen spülte, die sich seit Tagen im Spülbecken angesammelt hatten.

Als ob sie gespürt hätte, dass sie beobachtet wurde, drehte sie sich um und ging auf Beckerts zu. Sie lächelte ihn an, als sie die Bettdecke zurückschlug und sich neben ihn legte. Wie ein ertapptes Kind, das sich seiner Schuld bewusst ist, wandte er sich von ihr ab. Angela deutete seine nur scheinbar abweisende Haltung richtig, schmiegte sich an seinen Rücken und streichelte mit der Linken seine Haare. Er gab sein kindisches Spiel auf und genoss Angelas Zärtlichkeit. Behutsam drehte er sich, umarmte sie, zog sie fest an sich und rieb seine Wange an ihrem Gesicht.

„He, Matthias, du tust mir weh mit deinen Bartstoppeln."

„Entschuldigung, ich…"

„Schon gut, du Grobian, was will man von so einem ungehobelten Karl wie dir auch schon erwarten!"

Beckerts wollte es nicht so recht in den Kopf, dass Angela ihn einfach besuchte, ohne Diskussion, ohne Vorwürfe, ohne Bedingungen. Würde sie über die Sache vor wenigen Tagen - war es am Sonntag gewesen? - einfach hinweggehen? War das nicht mehr wichtig?

Das Teewasser kochte, Angela sprang auf. Beckerts wollte die kurze Trennung ausnützen, um von sich aus davon anzufangen.

„Du, Angela, es tut mir leid, wenn ich vor ein paar Tagen so…" Sie unterbrach ihn, indem sie ihren Zeigefinger auf den Mund legte. Er sollte schweigen, also schwieg er, stand auf und ging zu ihr herüber. Sie sah ihn verwundert an, als er den Topf mit dem siedenden Wasser in den Ausguss schüttete, den Herd abstellte und sie an beiden Armen sanft zu seinem Bett zog. Sie umarmten sich und ließen sich langsam auf das Lager sinken. Er hätte gerne

„Ich liebe dich!" gesagt, brachte aber kein Wort über seine Lippen. Egal, dachte er, Angela weiß doch, dass es mir schwerfällt, mich über meine Gefühle zu äußern. Sie küssten sich lange.

Es war Mittag, von der Kirche Mariä Geburt drang der Glockenklang in Beckerts Wohnung. Immer noch lagen die beiden auf dem Bett, Seite an Seite, und schwiegen. Es war Beckerts, der das Schweigen brach: „Wieso bist du nicht in Aachen?"

„Matthias, es gibt Tage, an denen man noch etwas Wichtigeres zu erledigen hat, als für ein Examen zu lernen."

„Da hast recht, Angela. Ich bin froh, dass du dich durchgerungen hast…"

„Ich brauchte mich nicht durchzuringen, Matthias, aber auch wenn du es dir offenbar nicht so recht vorstellen kannst: Ich liebe dich!"

Wieder schwiegen sie. Beckerts ließ Angelas Worte tief in sich eindringen. Er schaute sie an und spürte ein Gefühl der Dankbarkeit, der Ehrlichkeit, auch der Befreiung.

Angelas Blick fiel auf einen Packen beschriebener Zettel, die von einer großen roten Büroklammer zusammengehalten wurden. Sie deutete auf die Zettel und fragte: „Hast du die Ergebnisse deiner Nachforschungen aufgeschrieben?"

Nein, wollte Beckerts sagen, aber dann fiel ihm ein, dass das, was er am Abend zuvor zu Papier gebracht hatte, schon etwas damit zu tun hatte.

„Wenn du so willst", sagte er, „ist es eine Art Resümee dessen, was ich in Erfahrung bringen wollte, eher indirekt, verstehst du?" Tatsächlich hatte er selbst noch nicht so ganz verstanden, worin der Zusammenhang bestand, aber je längere er darüber nachdachte, desto frappierender erschienen ihm die Parallelen.

Angela kannte Beckerts zu gut, als dass sie ihn darum gebeten hätte, ihm sein Elaborat zu lesen zu geben. Das wusste auch Beckerts und gerade deswegen nahm er die Zettel, entfernte die Büroklammer und gab den Packen Angela.

„Ich habe ein altes Gleichnis kopiert, Platons Höhlengleichnis. Kopiert, na ja, ich habe es ein wenig verändert, umgeschrieben", sagte Beckerts.

Angela nahm seine Aufzeichnungen, las die ersten Zeilen und sagte: „Weißt du was, wie wäre es, wenn du mir das vorlesen würdest. Dann kann ich die Augen schließen und einfach zuhören."

„Meinetwegen", sagte Beckerts, „wenn du es gerne hören willst." Er nahm sein Manuskript, rückte einige Male hin und her, um in eine bequeme Sitzposition zu gelangen und begann zu lesen:

Das Höhlengleichnis

In einem Kino sitzen auf bequemen Sesseln und in bequemer Kleidung Menschen. Sie sitzen da seit ihrer Geburt. Jeder Platz ist besetzt, es herrscht ein angenehmes Schweigen. Wohlige Wärme durchströmt die Schauenden, als sich der Vorhang wieder weitet und die Sicht auf die Leinwand frei gibt. Voller Freude bewegen sich die Zuschauer auf ihren Plätzen, so dass sie es nicht als störend empfinden, an die Sitze gefesselt zu sein. Ihre Kleidung geht in das dicke Polster der Kinosessel über, ja, ihre Kleidung ist das Polster. Sie können sich nicht erheben oder auch nur ihren Kopf drehen. Sie wollen es auch nicht, da sich die Leinwand ja direkt vor ihnen befindet. Während sie mit kleinen Unterbrechungen einen Film nach dem anderen betrachten, Bilder laufen sehen, Bäume sehen, Personen sehen, Himmel und Wolken sehen, Stimmen hören, Musik hören, Geräusche hören, reicht man ihnen Kartoffelchips, Schokolade, Bonbons, Limonade. Sie sind es zufrieden. Ein herrliches Leben ohne Sorge, ohne Hunger, ohne Not, ohne Arbeit. Dafür voller Wärme, voller behaglicher Dunkelheit, voller Anregungen.

Sie schauen und verstehen die Zusammenhänge, sehen Helden, aufregende Szenen. Ein Mensch springt aus dem Flugzeug, lange öffnet sich der Fallschirm nicht, dann gleitet er doch sanft zur Erde. Ein Schauspieler stürzt sich todesmutig in ein brennendes Haus, rettet ein Baby. Applaudieren würden unsere Zuschauer und aufspringen vor Vergnügen, wären sie nicht gefesselt und hätten sie mehr als die eine Hand frei, die sie zum Verspeisen der gereichten Knabbereien brauchen. Dann ein Film über Tibet, in dem eine Expedition schwindelerregende Höhen erklimmt, ringsum Eis und Schnee. Wie zufrieden sind da unsere Gefesselten beim Anblick der schmerzverzerrten Gesichter der Bergsteiger. Dann hören sie, was einer zum anderen im Biwak sagt: „Furchtbare Kälte! Meine Füße sind wie Eisklumpen!" Da lachen sie, unsere Gefesselten, denn sie wissen, dass ihre Füße keine Eisklumpen sein können. Kälte, das wissen sie, ist unangenehm, verzerrt das Gesicht, macht es hart – das haben sie seit ihrem Eintritt ins Leben tausende Male erlebt, auf der Leinwand gesehen und so miterlebt.

Ja, unsere Gefesselten haben eine enorme Sachkenntnis, sie betrachten ja ständig das Leben und machen täglich Erfahrungen. Sie kennen Gut und Böse, hoch und tief, hell und dunkel, kennen die Jahreszeiten in all ihrer Pracht: den Frühling aus einem Dokumentarfilm über Österreich, den Sommer aus dem Film „Zauber der Südsee", den Herbst erleben sie dreimal im Monat, wenn sie den norwegischen Spielfilm „Eine Liebe aus Stein" sehen. Und den Winter mit seinem beißenden Weiß, seinem schmerzhaften Schnee sehen sie in „Husky". Dann blinzeln sie, ertragen kaum das Weiß und freuen sich noch mehr, in der warmen Höhle des dunklen Kinosaals zu sein.

Dann die Gespräche mit den Sitznachbarn, wertvolle Gespräche, in denen man das Gesehene analysiert, kommentiert. Auch wenn keiner den anderen sieht, der Kopf verharrt ja ständig in der gleichen Lage, statisch, ruhig, hat man philosophische Systeme, Wertmaßstäbe, Normen gefunden, die es ermöglichen, sich über dies und das Gedanken zu machen. Ja, welch ein Leben! Ein Leben der Kontemplation, könnte man sagen.

Wie wäre es nun: Es betritt jemand den Kinosaal, stellt sich vor die Gefesselten an die Leinwand und ruft ihnen zu: „Das ist nicht das wirkliche Leben! Ihr seht nur Kopien des Lebens! Draußen vor dem Kinosaal beginnt eine andere Welt, die wirkliche Welt! Lasst euch befreien! Kommt mit zum wirklichen Leben!" Die Gefesselten werden ihn niederbrüllen: „Tritt zur Seite, du verstellst uns den Blick! Sei leise, störe uns nicht!"

Dann löst der Eindringling einem der Zuschauer die Fesseln, mit denen der Kopf fixiert ist, ab und bittet ihn, den Kopf zu drehen. Wie schreit der Mensch vor Schmerz, da er nie zuvor den Kopf gedreht hat! Und wie wäre es, wenn der Eindringling, einen der Gefesselten ganz losbindet und ihn zwingt, aufzustehen und zu gehen? Wird dieser nicht auf der Stelle zu seinem behaglichen Platz zurückkehren wollen, wo er ohne Schmerz ein reiches Leben gehabt hat?

Doch gesetzt den unwahrscheinlichen Fall, dass der von seinen Fesseln Befreite gestützt auf den Eindringling die Stuhlreihen entlang gehen würde, so würde er die anderen vielen Gefesselten sehen und zu grübeln beginnen. Endlich würde er an den Ausgang kommen, die Tür würde aufgestoßen und das Tageslicht würde unbarmherzig sein Auge treffen. Nein, er würde sich niederwerfen und bereuen, sich jemals auf den Weg gemacht zu haben. Regungslos und leidend würde er auf dem Boden liegen, hinter sich die vertrauten Stimmen der Filme. Doch der Eindringling, der das voraus gesehen hat, redet auf den Befreiten ein, mahnt ihn, aufzustehen, weiterzugehen, das Auge zu schützen und der Welt draußen ins Angesicht zu schauen.

Was ist das? Ein kühler Hauch ist zu spüren, Menschen wie aus dem Film und doch ganz anderes gehen vor ihm, dann neben ihm, ja hinter ihm. Er ist verwirrt und benommen, stützt sich fester auf seinen Führer und fragt: „Ist das die Welt? Die wirkliche Welt?" Weitergehend kommen sie an einen Brunnen, lassen die Kühle des Wassers über ihre Hände gleiten. Sie riechen den nahen Wald, der Befreite greift Blumen, Käfer, Steine. Wunder! Empfindung! Kontrast! Grenzüberschreitung.

Der Eindringling fordert ihn auf, seine früheren Leidensgenossen aufzusuchen und sie zur Reise zurück ins wirkliche Leben zu bewegen. „Erkenntnis braucht Zwang!" sagte er, „erinnere dich an deine eigene Befreiung!" Der Befreite geht zurück, und als er voller Dankbarkeit dem nachschaut, der seine Fesseln gelöst hat, denkt er an seine Leidensgenossen, die immer noch *in der behaglichen Höhle des Filmsaals sitzen. Er stößt die Tür zum Saal auf, stellt sich vor die Leinwand und schreit: „Das ist nicht das wirkliche Leben!"*

XV

Vor-Fall

„…verschlingen die funkelnden Wogen der blauen Flut…"

Nur zwei Tage später, es war gegen fünf Uhr nachmittags, stand Beckerts am Schützenplatz, wo jedes Jahr als Abschluss des Martinszuges der Kinder das große Martinsfeuer entzündet werden sollte. Nie wäre ihm der Gedanke gekommen, an dieser Feier teilzunehmen, wenn nicht die Rolle des „Sankt Martin" in diesem Jahr zum Erstaunen aller, die ihn kannten, von Hattingberg übernommen worden wäre.

Das Martinsfeuer schien Beckerts eine Ereignis für Kinder zu sein und für Menschen, die noch Illusionen haben, die Menschen auf dem Grenz-Land. Er überlegte, wie lange er schon keinen Martinzug mehr gesehen hatte. Es musste wohl über dreißig Jahre her sein, als er an der Hand seines Vaters am Martinsfeuer gestanden hatte. Im Kindergarten hatte „Tante" Ursula, eine ältere Kindergärtnerin,

die sich immer noch von den Kindern mit „Tante"
anreden ließ, wie das in den 50er Jahren üblich
gewesen war, mit den Kindern Laternen gebastelt -
aus Käseschachteln, buntem Papier auf schwarzem
Karton. Da hinein musste man Löcher in Form von
Sonne, Mond und Sternen schneiden: Brenne auf,
mein Licht, brenne auf mein Licht, aber nur meine
liebe Laterne nicht.

Ja, dreißig Jahre oder mehr war es her, und als er
dieses Lied mit seinem einfachen Text wieder hörte,
sah sich Beckerts in seinem kurzen Lodenmäntelchen
und einer Wollmütze auf dem Kopf durch die Straßen
rund um die Pfarrkirche in Worringen ziehen, wo
seine Familie damals gewohnt hatte. Vor sich, neben sich, hinter sich die anderen Kinder aus seiner
Kindergartengruppe: Der Heinz und der Heinz-
Werner, auch Robert ging mit seiner Laterne mit,
den alle „Röb" nannten, die Franzi, die dicke Franzi,
die, wie ihm jemand erzählt hatte, jetzt Studienrätin
für Biologie und Erdkunde war, dann der Theo mit
seiner gekauften Laterne. Gekaufte Laternen galten
als chic, niemand sonst hatte eine Gekaufte. Und
Bruno war natürlich auch dabei, der wegen seiner
Kraft gefürchtete Bruno, auch der ging brav mit.
Alle waren da und sangen die im Kindergarten ein-
geübten Sankt-Martins-Lieder mit der Hingabe, die
dieses Fest erforderte, das etwas Glanz in den trüben
November brachte.

Matthias Beckerts fühlte sich wohl und erwartete das Feuer, das damals wie jetzt eine große Faszination auf ihn ausübte.

Er sah, wie die Männer der Monschauer Feuerwehr die Masse aus trockenem Reisig, dünnen und dickeren Ästen immer höher bauten. Dies geschah mit einer Gründlichkeit, die Beckerts faszinierte. Hier wurde geduldig ein Ast in die widerspenstige Masse geschoben, dort die Haltbarkeit der Konstruktion überprüft, hier wieder ein armdicker Ast auf die Spitze geworfen, während auf der anderen Seite zwei Feuerwehrleute einen schon etwas morschen Stamm in das scheinbar chaotische Geäder aus Reisig rammten.

Obwohl das so aufgeschichtete Holz frühestens in einer Viertelstunde entzündet werden würde, ließ das Knistern und Krachen der dünneren Äste, wenn ein größerer Ast sich in die Konstruktion bohrte, schon ahnen, zu welchem Prasseln und Getöse sich das Holz steigern würde, wenn die Kraft des Feuers erst einmal wüten durfte. Nein, das würde kein kleines Feuerchen werden, dachte Beckerts, das sah nach einem richtigen großen Martinsfeuer aus.

Um 18 Uhr, so sagte ein Feuerwehrmann einer älteren Frau, die wie Beckerts viel zu früh am Ort des Geschehens war, werde der gewaltige Scheiterhaufen mit Benzin übergossen und von der Pechfackel eines Feuerwehrmannes in Brand gesetzt.

Der Gedanke erheiterte Beckerts: Die Feuerwehr, die doch dazu da war, Feuer zu verhüten oder zu löschen, hatte an diesem einen Tag im Jahr die Aufgabe, Feuer zu legen.

Beckerts wurde die Zeit nicht lang, da er sich auf die Beobachtung dessen, was vor ihm ablief, konzentrierte. Er versuchte jedenfalls, sich darauf zu konzentrieren, denn immer wieder erinnerte er sich an den eigentlichen Grund seiner Anwesenheit. Wie würde der diesjährige Sankt Martin seine Rolle spielen? Dieser Hattingberg, der doch erst vor drei Tagen den Tod eines Menschen mindestens indirekt verursacht hatte.

Es war dunkel geworden und der Zug der Kinder mit ihren Laternen, die Kindergärtnerinnen, die Polizei, die den Zug begleitete und den Verkehr vom Zugweg fernhielt, die Eltern und Großeltern konnten nicht mehr weit vom Platz des Martinsfeuers entfernt sein. Beckerts stellte sich den Zug als einen Lindwurm vor, der sich amorph, wie ein Lavastrom mit hunderten glühenden Punkten glitzernd durch die Gassen und Straßen Monschaus wand. Das Haupt des sich schlängelnden Drachens würde ein Wesen bilden, das Beckerts ebenso schillernd zu sein schien wie der Rumpf: Hattingberg, auf einem Pferd sitzend, ein zentaurenhaftes Wesen, bei dem das Menschliche und das Animalische durch den alles umfangenden roten Mantel ineinander zerfließt.

Von weitem hörte er die Kinder singen. „Brenne auf mein Licht, brenne auf mein Licht" - handelte es sich tatsächlich um dieses alte Lied? Beckerts war sich nicht sicher, bis der Zug auf den Kiesweg einbog, der gerade auf den Feuerplatz zuführte. Es sah das Rot des Reiters, der von zahllosen Lichterpunkten begleitet wurde. Die Feuerwehrleute wurden unruhiger, lag doch jetzt der Zeitpunkt der Entzündung des großen Feuers in greifbarer Nähe. Einer der Feuerwehrleute gab ein Zeichen und seine Kameraden gossen aus bereitstehenden Kanistern Benzin über den Scheiterhaufen.

Es war üblich, dass der „Sankt Martin" vom Pferd aus eine kurze Ansprache an die Umstehenden hielt, oft in Versform. Eine Ermahnung an die Kinder, es dem römischen Offizier Martinus, der seinen Mantel zerschnitt, um ihn mit einem Bettler zu teilen, gleich zu tun und sich in Nächstenliebe zu üben. Und Hattingberg? Was würde dieser Mensch den Kindern zu sagen haben?

Eine gewaltige Stichflamme durchzuckte das trockene Holz. Das brennende Benzin entzündete zunächst das Reisig. Die Gesichter der Umstehenden leuchteten. Der Lindwurm hatte sich aufgelöst und hunderte Kinder nebst ihren Begleitern standen um das Feuer, während die Feuerwehrleute darauf achteten, dass niemand dem Feuer zu nahe kam. Die Hitze des Feuers war bald so stark, dass sie es kaum erlaubte, näher zu treten, was den Feuerwehrleuten, die sozusagen im inneren Kreis standen, etwas Heldenhaftes verlieh, das sie sichtlich genossen. Das Feuer prasselte und flackerte, der Helm des römischen Zenturio, der Hattingbergs Kopf zu einer bizarren Maske machte, funkelte, als sei auch er vom Feuer erfasst.

Die Hitze nahm zu. Hattingberg hob die rechte Hand und mahnte zur Stille. Beckerts blickte um sich, war fasziniert von dem geradezu andächtigen Schweigen der Kinder und ihrer Begleiter ringsum. Das Feuer brannte mittlerweile lichterloh, Funken stoben in den Abendhimmel dieses recht milden Novembertages.

Hattingberg begann seine Ansprache: „Seht, das Feuer! Lernt dieses Element verstehen! Es lodert und lebt. Es lebt, indem es verzehrt. Es verbindet die Erde mit der Luft."

Dann machte er eine Pause. Beckerts versuchte, in den Gesichtern der neben ihm Stehenden zu lesen. Sah er Verwunderung? Unverständnis? Hörten sie überhaupt zu? Und die Kinder? Was konnten sie mit diesen Worten anfangen?

„Ja, betrachtet das Feuer", fuhr Hattingberg fort, „es schafft die Verbindung von Festem und Weichem. Es wächst durch den Tod von Lebendigem. Das Feuer überschreitet die Grenze. Seht, wie es das Holz verzehrt, wie es sich mischt mit der Luft, die wir atmen, wie es dünner wird und schließlich unsichtbar. Seht, das menschliche Leben!"

Hattingberg ritt langsam um das prasselnde Feuer, das so heiß war, dass Beckerts den glühenden Schein an Stirn und Wangen spürte. Er stand in der ersten Reihe, die vom Kern der konzentrischen Kreise gut dreißig Meter entfernt war. Hattingbergs Pferd schien die direkte Strahlung der Feuersbrunst meiden zu wollen, aber Hattingberg lenkte es gekonnt immer wieder in die Nähe der wogenden Flammen, die jetzt von den größeren Holzscheiten ausgingen und, vom Abendwind unterstützt, höher und höher schlugen.

Sankt Martin hatte sein Pferd unter Kontrolle und schien die immer noch andächtige Schar zu mustern. Beckerts versuchte, Hattingbergs Gesicht zu sehen, was ihm aber nicht gelang, da dieser mit dem Rücken zum Feuer stand.

Er schaute irritiert zu, wie Hattingberg den Lederriemen seines Helms löste und den funkelnden Helm in die Flammen warf. Dann ließ er den roten Umhang von den Schultern gleiten, stieg vom Pferd und trat so nah an das Feuer heran, dass seine Füße schon in glühende Aschestückchen traten. Was hatte er vor? Beckerts schrie laut auf, als er sah, wie Hattingberg einen Schritt machte und ins Feuer stürzte.

War er über einen der dicken Äste gestolpert? Beckerts hatte es nicht genau sehen können. Entsetzensschreie entfuhren Kindern und Erwachsenen, Väter rissen ihre Kinder an sich, als könnten sie ihnen den Anblick ersparen, wie der Sankt Martin Opfer der Flammen wurde.

Feuerwehrleute stürzten zu der Stelle, an der Hattingbergs Körper im Scheiterhaufen verschwunden war. Sie schrieen und schlugen mit den Armen, wandten sich wieder ab, drehten sich erneut Richtung Feuer und schrieen erneut, versuchten, sich dem Feuer zu nähern, gaben den Versuch aber bald auf und liefen zum Rettungsfahrzeug, das in einiger Entfernung geparkt war, um - wie Beckerts vermutete - alles zum Löschen Notwenige zu holen.

Beckerts schaute abwechselnd in den Glutofen, der vor wenigen Sekunden einen Menschen in sich aufgenommen hatte, und auf die Feuerwehrleute, als ein erneuter Aufschrei der Menge ihm in die Glieder fuhr. Aus dem Feuer kroch eine brennende Gestalt, die unter den sie umzüngelnden Flammen nicht wie ein Mensch aussah, sondern eher einem brennenden Geäst glich, das sich aus dem Gewirr der Scheite, Äste und Stämme gelöst hatte.

Der brennende Berg, ging Beckerts durch den Kopf, hat das Wesen, das seine Grenze zu überschreiten gewagt hatte und in ihn eingedrungen war, wieder ausgespieen.

In Sekundenschnelle zogen einige der Feuerwehrleute ihre Uniformjacken aus, wickelten sie um das Wesen, das gestürzt mit ausgebreiteten Armen vor ihnen lag, und brachten die Flammen zum Erlöschen.

Beckerts schwanden die Sinne. Nur schwach sah er das Blaulicht des Rettungswagens, den die drei Feuerwehrleute wohl gerufen hatten. Aber kein Laut drang an sein Ohr. Um ihn herum herrschte merkwürdigerweise Stille.

Erst als er um sich blickte, merkte Beckerts, dass er auf dem Boden kauerte. Seine Beine mussten versagt haben. Nicht ohne Mühe erhob er sich und schritt, nein wankte auf den Rettungswagen zu. Sein Blick fiel auf die orangefarbene Rettungsjacke, die sein Kollege Teirich trug.

„Sofort Transport!" schrie Teirich und in Sekunden befand sich Hattingberg im Innern des Rettungswagens. Ein Feuerwehrmann wollte Beckerts daran hindern, in den Wagen zu steigen, aber Teirich erkannte seinen Kollegen und gab dem Feuerwehrmann ein Zeichen. Beckerts schaute Teirich schweigend an, sah zu, wie sein Kollege Hattingberg eine Injektion setzte, vermied es aber, sich Hattingbergs Körper genau anzusehen. Der Geruch verbrannten Fleisches lag in der Luft, eine stickige Wärme entströmte dem regungslosen Körper.

In kürzester Zeit war die Notaufnahme des Krankenhauses erreicht. Die Rettungssanitäter schoben die Trage mit dem Schwerverletzten auf ein Rädergestell, bevor er im Laufschritt in den OP gefahren wurde. Teirich eilte hinterher. Aus der Tür trat Bode, warf einen flüchtigen Blick auf den Verletzten und folgte den Rettungssanitätern.

Beckerts war nicht in der Lage, das Tempo mitzuhalten. Er stapfte wie ein altersschwacher Mann mit zittrigen Knien über den Flur Richtung Operationssaal. Er sah, wie sich die OP-Tür schloss.

Doch erst, als er die letzten Schritte hinter sich gebracht hatte und gerade die Tür erreicht hatte, bemerkte er einen älteren Herren am Fenster, der ihn mit seinen ruhigen, fast heiteren Augen ansah.

„Herr Tautges!" rief Beckerts verwundert, als er in dem älteren Herrn den Heiler aus Kalterherberg erkannte.

„N' Abend", sagte der Angesprochene und musterte Beckerts, der darauf brannte, sein Gegenüber zu fragen, was er denn im Krankenhaus wolle oder woher er denn wisse, dass ein „Gebrannter" seiner Hilfe bedurfte.

Tautges kam ihm zuvor: „Sie sind doch der Arzt, der mich mal beim Kirchenchor besucht hat. Da wollten Sie was über die ,Konst' wissen, stimmt's?"

Beckerts nickte. Dann fragte Tautges: „Waren Sie denn der Mann, der mich heute herbestellt hat?"

Herbestellt? Matthias Beckerts konnte nicht glauben, was er soeben gehört hatte, und fragte nach: „Soll das heißen, dass Sie heute morgen jemand angerufen und hier ins Krankenhaus bestellt hat?"

„Ja, sag ich doch! Ich sollte gegen 19.00 Uhr hier sein, ein ernster Fall, hat der noch gesagt."

„Wer?"

„Keine Ahnung, der hat keinen Namen gesagt."

„Kennen Sie Dr. Hattingberg?" fragte Beckerts, der ahnte, dass nur Hattingberg den Heiler bestellt haben konnte.

„Nein, kenne ich nicht. Wieso? War der das, der mich angerufen hat?"

„Ja, ich denke schon, Herr Tautges, er wollte, dass Sie die ‚Konst' …"

Beckerts konnte seinen Satz nicht beenden, weil die OP-Tür sich öffnete. Teirich und Chefarzt Bode betraten den Flur. „Er lebt noch. Aber wohl nicht mehr lange", sagte Bode, „er hat versucht, was zu sagen, habe nur ‚Konst' verstanden, dann noch mal ‚Konst'. Also, Herr Tautges, unter diesen Umständen bin ich einverstanden, dass Sie zu ihm gehen. Also in den OP gehen und Ihr, also, sagen wir, Ihr Können an ihm ausprobieren."

Bode sah Tautges voller Verachtung an und deutete ins Innere. Tautges betrat den OP, die Tür schloss sich.

Der Chefarzt, bemerkte Beckerts, war trotz der Verbrennungen eines seiner Ärzte erstaunlich gefasst. Beckerts wusste, dass Bode jetzt nicht schweigend auf dem Flur abwarten würde, bis sich die Türe wieder öffnen würde. Er täuschte sich nicht, denn der Chefarzt schaute ihn an und sagte: „Herr Beckerts, hat Hattingberg Sie auch für 19.00 Uhr herbestellt? Ich hatte ja keine Ahnung, was er vorhatte. Spricht mich heute Morgen an, faselt was von ungeheuerer Bedeutung und flehte mich geradezu an, heute um 19.00 Uhr am OP auf ihn zu warten. Ich wusste von nichts. Übrigens, Beckerts, Sie haben mich mal gefragt, was Hattingberg vor seiner Zeit hier bei uns getrieben hat. Ich will es Ihnen sagen, …"

„Ach, jetzt nicht", unterbrach ihn Beckerts und ging einen Schritt zur Seite. Es fiel ihm schwer zu ertragen, dass Bode in diesem nüchternen Ton redete. Und was wusste schon Bode? Nur er, Beckerts, wusste doch um die Abgründe hinter dieser Tat.

Dennoch hätte Beckerts nie geglaubt, dass Hattingberg sozusagen über seine eigene Leiche gehen würde, dass er darin seine Chance gesehen hatte, das Geheimnis doch noch zu ergründen. Über seine eigene Leiche, ging Beckerts durch den Kopf, und wenn er wirklich gestolpert war? Hatte er sich

206

vielleicht nur leichte Verbrennungen an Füßen und Beinen beibringen wollen?

Doch Beckerts konnte nicht in Ruhe überlegen, denn sein Chef war wieder zu ihm getreten und fing an zu reden: „Erstaunlich, Hattingberg muss wahnsinnige Schmerzen ertragen. Sein ganzer Körper ist ja sozusagen aus den Fugen. Verbrennungen dieser Schwere habe ich bei meiner Tätigkeit als Arzt erst einmal gesehen. Der Mann war sofort tot damals, das hält keiner aus. Aber Hattingberg! Das begreife ich nicht. Als ob ihn irgendetwas mit aller Kraft noch am Leben erhält. Sie hätten seine Augen sehen sollen, Beckerts. Diese Augen! Aus diesem völlig verbrannten Gesicht starren einen Augen an, zum Schaudern. Und dann hatte er tatsächlich noch die Kraft, was von ‚Konst' zu stammeln."

Bode machte eine kurze Pause. Offenbar hatte ihn das Geschehen doch nicht so kalt gelassen, wie er vorgegeben hatte. Aber bald schien er sich wieder gefangen zu haben.

„Jetzt ist dieser Tautges da drin. Merkwürdiger Mann, nicht wahr, Herr Beckerts?"

Bode schien eine Antwort abzuwarten, eine Bemerkung Beckerts zur Situation, irgendeine Reaktion. Doch Beckerts blieb stumm. Endlich schwieg auch Bode.

Es waren einige Minuten vergangen, als sich die OP-Tür öffnete und Herr Tautges gemessenen Schritts in den Flur trat. Ohne Bode und Beckerts anzuschauen, ging er den Korridor entlang, der zum Ausgang führte.

Bode wollte den OP betreten, um nach Hattingberg zu sehen. Da gab Beckerts seine Zurückhaltung auf, hielt ihn zurück und sagte: „Bitte, Herr Bode, lassen Sie mich einen Augenblick allein zu ihm, nur einen Augenblick."

Bode war so überrascht von Beckerts Bitte, dass er, wenn auch widerwillig, zur Seite trat und Beckerts vorbeiließ. Die Tür schloss sich, Bode blieb draußen.

Langsam schritt Beckerts durch den Raum auf den OP-Tisch zu, auf dem Hattingberg lag. Schon aus der Distanz sah er, dass Hattingberg bis zum Hals mit grünen Laken bedeckt war. Tautges musste das getan haben, dachte Beckerts, denn er wusste, dass ein Patient mit solchen Verbrennungen keinerlei Bedeckung ertrug.

Als er näher trat, sah er weit geöffnete Augen ins Leere starren. Er überwand seinen Ekel vor dem Geruch, der von dem vor ihm liegenden Körper ausging, zwang sich, den Anblick des verbrannten Gesichts zu ertragen und ging an das Kopfende des OP-Tischs. „Hattingberg", flüsterte er, „ich bin es, Beckerts. Ich bin allein!"

Die Augen des Angesprochenen glänzten ein wenig. Hatte Hattingberg ihn wahrgenommen? Beckerts startete einen zweiten Versuch und sagte etwas lauter:

„Die ‚Konst‘, Hattingberg!"

Wie auf ein Stichwort bewegte sich der Mund Hattingbergs. Er wurde ein wenig breiter, als ob er ein Lächeln versuchen wollte. Lächelte er? Beckerts war konsterniert und beugte sich noch näher über das Gesicht, drehte seinen Kopf und hielt sein Ohr ganz nah an den Mund des Sterbenden, weil er auf ein Wort hoffte, eine wichtige Äußerung.

Er fühlte Hattingbergs Atem auf seiner Haut. Dann sah er, wie das grüne Laken sich bewegte und schaute gebannt auf die Stelle, die sich bewegt hatte. An der Stelle, vermutete er, musste Hattingbergs Hand sein. Und tatsächlich glitt das Laken zur Seite und gab den linken Arm frei, der sich ein Stück weit erhob.

Wollte er ihm etwas zeigen? Beckerts versuchte, ohne sein Ohr zu weit vom Mund des kaum noch atmenden Mannes wegzubewegen, in die Richtung zu schauen, in die der Finger zu deuten schien.

Wahrscheinlich nur ein Muskelreflex des Sterbenden, dachte Beckerts. Wo Hattingbergs Finger hinzeigte, war nichts, nur eine leere, weiße Wand und die Eingangstür mit dem Kruzifix darüber. Das

Kruzifix? Beckerts richtete sich auf, um besser sehen zu können. Tatsächlich, das Kruzifix über der Tür hing falsch herum, irgendjemand musste es so herum gedreht haben, dass der Corpus zur Wand zeigte. Sollte dieser Tautges das Kruzifix gedreht haben? War das ein Teil seines Heilungsrituals?

Aber noch bevor Beckerts über seine Entdeckung nachdenken konnte, senkte sich Hattingbergs Arm und seine Augen spiegelten jetzt eine Leere und Tiefe, die Beckerts in seiner Tätigkeit als Arzt schon so oft hatte sehen müssen. Eine tiefe Ruhe erfasste Beckerts, Wärme und ein friedvolles Gefühl der Ausgeglichenheit und Harmonie. Fast hätte er den Toten angelächelt.

Matthias Beckerts griff in die Tasche seiner Jacke und holte den Inhalt langsam und behutsam hervor. Er schob das Laken ein wenig zur Seite, öffnete die linke Hand des Toten und legte den Rosenkranz hinein. Dann verließ er den Operationssaal.

Da er keinerlei Lust verspürte, von irgendjemandem angesprochen zu werden, ging er so schnell wie möglich aus dem Krankenhaus auf die Straße. Dort nahm er sein Handy und rief seinen Freund Michael Ganser an.

„Michael", sagte er, „es ist viel passiert, erzähle ich dir alles später, frag jetzt nicht. Tu mir einen Gefallen:

Nimm den Umschlag mit den Aufzeichnungen des Abelardus und verbrenn das Ganze! Am besten sofort, verstehst du?"

Dann schaltete er sein Handy aus.

FSC

www.fsc.org

MIX

Papier aus ver-
antwortungsvollen
Quellen
Paper from
responsible sources

FSC® C105338